NAGEMEILIDE
SHAGUA

那个美丽的傻瓜

东耳
/
著

余生多甜蜜系列 02

贵州出版集团
贵州人民出版社

作者介绍

-东耳-
DONGER

小花阅读签约作者

生活行为超简单的神秘生物，
大部分的时间，花在了没必要的发呆上。
喜欢声音好听人又好看的小哥哥，笔名来自某个超喜欢的人。
写字必须听歌，码字速度由音乐的快慢决定。
梦想是在各地买房子，
过着只在家里收租就能享受人生的生活。

作者前言
从此余生不知寒

　　《晏子春秋》有言："橘生淮南则为橘，生于淮北则为枳，叶徒相似，其实味不同。所以然者何？水土异也。"

　　在遇见黎君槐之前，余枳也就像是种错了地方的橘树，生长在淮北极冷之地，结出又酸又涩的果子。

　　曾几何时，她想，一辈子，也许就会这样过了，也许见不到暖阳，也许备受酷寒。

　　直到黎君槐出现。

　　他不热烈，却温暖，他不温柔，却安心，他像是春风，像是流水，轻轻抚，潺潺流。

　　他是可以为她挡住猎猎寒风的高大槐树，让那株生长在北边的橘树，体会到了南方暖暖春日的温度，从此，甘愿倾心。

我或许还是心疼余枳的，以至于，在她渐渐走向成熟，渐渐接受命运之时，在她经历过一段并不那么顺心的时间之后，安排了黎君槐的出现。

　　而黎君槐呢，他大概就是为了余枳而存在的。

　　或许他并不那么帅气，也不那么富裕，但他不会让她慌乱，让她不必担心明天。

　　他成熟、稳重、理智，他如父如兄亦如爱人，他板着脸教育过余枳，也着急地寻找过余枳，照顾她、心疼她、爱她。

　　余枳或许是需要这样一个人的，和以前经历全然不同的一个人，温暖她、照亮她。

　　当然，余枳也有她自己的魅力所在，她有她自己的原则，她可以哭，却绝不轻易放弃，在黎君槐面前，她是一个小女人，但绝不依附他。

　　这段时间，天气总是忽而大雨，我是不喜欢下雨的，檐下听雨固然舒畅，但出门一身湿意，着实让人厌烦。

　　写这个稿子的时候，身边一个朋友忽然跟我说，想相一次以结婚为目的的亲，这让我想起了从我毕业之后我妈轮番为我接下最后被我推掉的相亲。

　　真的这么着急嫁出去吗？

　　我问另一个朋友，结果他反而劝我，也是时候谈一场恋爱了，毕竟也老大不小了。

　　一定要因为年龄，因为压力，而做出某些必要，却其实不愿意的决定吗？

我并不认为任何一场婚姻是可以随便的，带有明确目的的，哪怕它平凡得不过是柴米油盐，它也必须是值得尊重的。

　　婚姻本身是神圣的、庄严的，同时他也是油盐酱醋堆砌的，平凡，且有人间百味。

　　如果结婚是带着某种不得以，那它存在的本身就是有问题的。

　　我一直相信，也请你相信，这世上应该有那么一个人，一定会有那么一个人存在，让你温暖，赐你明媚。

　　他高大、宽厚、坚实，让你足够心安。

　　而我们，不用着急，不用慌乱，更不必眼高于顶，一个足以温暖你的人，可以让你余生的所有时间，都不必经受寒冷。

　　　　　　　　　　　　　　　　　　　　　　　　东耳

心甜意10分

草莓大福

甜蜜度：★★★★★

东耳

　　一个听名字就很少女的甜点，甜甜的草莓加上一点点的红豆泥，外面再裹上一层软软的糯米皮，一口咬下去，满嘴的草莓香。

　　这种软韧中带点Q弹，酸酸甜甜的小点心，放在饭后吃，再适合不过，重点是做法也很简单，闲着没事在家就可以做。

　　嗯，还有就是，黎君槐告诉我，最近余枳很喜欢吃。

小妖沫琪

　　软软糯糯的带着草莓的酸酸的口感简直就是大爱啊！感觉把人生的酸甜两味都包含进去啦，就像余枳，在没遇到黎君槐之前，她是一株长错地方的橘树，酸涩的情感只能自己独自承担，可遇到黎君槐之后，两人之间只剩下甜甜甜啦……真是个适合这对小CP的甜品。

目 录

那个美丽的傻瓜

目 录

那个美丽的傻瓜

楔子 ///

　　太阳还没有从海平线爬上来，海港的四周不过借着它透出的些许光，勉强模糊地看出点模样，海浪猛烈地拍打着周围停靠的船只，吱呀的声音冲破了清晨的死寂。

　　岸上一行人，四五个，除了走在最前端的那个手里拿着手电筒，其余人都识趣地保持着沉默，跟着第一个人，依次前进。

　　海港旁边毫不起眼的库房内，大大小小的笼子里，呼吸声很大，沉重的、奄奄一息的，都有，夹杂着隐隐的号叫声，听上去凄楚而悲惨。

外面的脚步声让笼子里谨慎的东西惊恐地想要做些什么，却又无能为力，最后只能竖起全身的毛，身体因为愤怒而瑟瑟发抖。

库房门口还有一行人在等着，门打开的一瞬间，忽然出现的光亮让笼里的东西惊得一缩。

哪怕库房用的是老式的白炽灯，那昏黄且阴沉的光，还是足以让大家看清周围的一切，映在地上呈现出暗红色的血迹，有些地方还没干透，丢在一旁的成堆的从各处运来已经被宰杀的所谓货物，四周充斥着浓烈的腥味，虽然早有准备，却还是不适，有些反胃。

"几位是刚出来做这行？"库房外那行人中站在最前的一位，打量着这次的新客户。

"您平时做生意也会打听这么多？"进来的一行人里的一个男人气定神宜地说着，微微看了眼身边同行的同伴，全程面无表情。

从接触到现在，唯独他，让人怎么都看不透，他会在关键的时候出来说话，生意上的事情却从不插手，在这次交易中的位置，让人好奇，这不禁让大家对这次的交易，更加谨慎。

"做这行心眼确实要比别人多几个。"

"有句老话，知道的越少越安全。"

"那是，那是。"那人只能笑嘻嘻地附和着，用眼神示意着旁边的人。

　　那种做了好些年的默契，自然没必要直接说明，旁边那人已经几步过去，抓起笼子里的东西就往地上一摔，刚才还在笼中躲闪的穿山甲，现在已经一动不动地躺在了地上，而那人不知从哪儿拿出一把刀，直接开始放血宰杀，一切快到所有人都没有准备。

　　"你们……"刚才就差点忍不住的女人，现在已经憋得眼睛通红，幸好被人眼疾手快地拉住，示意她别轻举妄动。

　　哪怕早有预料，却还是没办法视而不见，这就是善念的根源。

　　"你们这样，怎么交易，说好要活物的。"男人冷着脸接下后面的话。这次的行动加了一个新面孔，这样的意外，男人也有所准备。

　　即便如此，这一微小的动作，还是被看了出来，到底是第一次做这样的工作，还是面对自己喜爱的东西，被人活活撕碎，要做到袖手旁观，还得装成习以为常的样子，确实不容易。

　　"你们到底是想要活物，还是想要活命……"

　　"嘭"的一声枪响，让埋伏在后面的警察倒吸了一口凉气，赶紧加快了脚上的步伐。

　　等警察赶到的时候，里面已经混乱得不像样子，刚才说话的女人倒在地上，奄奄一息。而男人死死地摁住刚才动手宰杀的那个人，眼里全是浓浓的恨。

警察赶紧拉住男人，说："再不松手，他就要死在你手里了。"

"这样的人，就不应该活着。"虽然已经松手，却还是忍不住啐道。

没有人往下接话，对于这里的一切，大家都表示痛心，却也知道时间紧迫。

直到结束，大家才发现男人没有跟上来，再倒回去，却发现他已经晕倒在地，血从他的大腿处潺潺往外冒。

第一章

| 与君初见，相看两厌 |

对于感情，她苛刻得只想要一个可以护
其命、知其心的人

01

对于接下来将看到的一切，余枳满是期待，要知道，马拉维湖
作为世界第四深湖，特有的热带鱼也是多到咂舌。

从前几天看到这边可以潜水，她就计划着什么时候到湖底看看，
今天总算实现了。

不过还没有出发，她就觉得眼皮跳得十分厉害，好像有什么事
情要发生。

可欣喜期待已经盖过一切，她没空在意这些。

　　一切准备就绪，和一旁的教练打了个招呼之后，她利落地翻身下了水。

　　今天的阳光很好，哪怕是下潜到几十米以下，水下的环境还是很透亮，余枳在别的地方也下潜过，这里还是可以给她耳目一新的感觉。

　　清澈的水里，那些色彩斑斓的热带鱼无拘无束地游着。

　　鱼是余枳最喜欢的动物。

　　它们可以自在畅快地在水里游着，好像没有烦恼，没有人会看见它们是否落泪，没有人可以从它们脸上看出开心还是难过。

　　水是它们的一切，给它们生命，也替它们隐藏。

　　这也是她为什么在大学会特意去学潜水的原因，并不是为了工作之便，而是想偶尔也能像鱼一样，待在水里就不再考虑其他。

　　她忽然有些难过，和千嘉不一样，对于感情，她苛刻得只想要一个可以护其命、知其心的人，不过……

　　余枳苦笑一声，没有让自己再想下去。

　　意外总是不期而遇，正当她拍完一切准备上浮的时候，潜水机器出现故障，湖水的渗入，让呼吸在突然间变得困难。

　　她摘掉面罩，本能地想往上游，可还不等做出动作，她却忽然放弃，直接摊开双手，任由着身体缓缓地下降。

胸腔的撕裂感强烈难忍，呛水的滋味也不好受，可是，她却居然在笑……

哪怕脸上的笑容受到身体不适的限制，她却还是很享受。

意识随着缺氧的严重而渐渐涣散，明明泛着光的水，开始看不清，像是盖上了很厚的雾。

不远处好像有个黑影在靠近……

余枳感觉自己做了一个很长的梦，梦里，她好像做了一件无比自在的事，却又想不起具体是什么。

身体的感知随着意识的回来而渐渐明显，全身上下像是被人打了一顿，每个细胞都在叫嚣着疼痛，让她不由得皱眉。

她缓缓地睁开眼，刺目的光让她不得不眯起眼睛，想要说话，还不等发声就剧烈地咳嗽起来。

坐在一旁的黎君槐看上去并不情愿，却还是帮她调高了床，递了杯温水。

咳了好一会儿，她才缓和过来，嘴里浓重的铁锈味让她记起了昏迷前的事，喝了两口水，她艰难地说了声"谢谢"。

"还知道说谢谢，是不是觉得自己很厉害？"黎君槐脸上的表情好不到哪儿去，连说话的语气也从冷漠变成嘲讽，"没有那个能力，就不要逗那个能。"

面对黎君槐这样毫无缘由的指责，她并不想做过多的解释。

两口温水喝下，嗓子舒服了不少，只是声音还是有些沙哑："我知道自己在做什么。"

"知道在做什么？"黎君槐盯着她，声音冷冽且克制，"你要是知道自己在做什么，就不该不把自己的命当回事，是不是觉得让人替你操心很有成就感？"

操心？二十几年都没听到的话，居然从一个才认识几天的人嘴里说出来，余枳忽然觉得可笑。

"你在说你替我操心？"她反问。

黎君槐一定觉得她无可救药了吧，嘲讽地冷哼一声："我没那么闲。"

"既然这样就用不着你管。"余枳烦躁地将脸转到一边。

"用不着我管，真以为我想管你？"许是被余枳这副毫不在意的样子给气到，黎君槐的脸阴沉得可以挤出墨来，也不顾及她刚醒，"真不想活，也别在这儿。"

心里某个不为人知、藏匿深远的秘密，竟然被一个认识了不过几天的人窥探了去，这让她有些愤怒，隐隐地夹杂着羞愧。

"我要你救了吗？"余枳生气地提高音调，掩盖着心里一闪而过的慌张，"没让你救，现在就不要一副高高在上的样子站在这儿，指责谁呢！"

黎君槐眼神凌厉，显然是被她惹火了："早知道你会这么想，就不应该将你救起来，活该让你死在湖里，像你这种轻视自己，还不知感激的人，白费我去救。"

"滚……"余枳忽然情绪变得激动，指着门口，厉声说，"我让你滚！"

黎君槐瞪着她，手上的青筋因为生气而炸了起来，半晌，果真摔门离开，也不管在医院，好像故意做给余枳看的。

余枳这才注意到，他的脚好像受了新伤，走起路来有些跛。

病房在黎君槐离开后，突然静下来，余枳闭着眼睛，有些疲惫，刚刚从昏迷中醒来就大吵一架，还真是费神。

认识不过几天的陌生人，说她轻视自己。知道她的事吗？还高高在上地指责她。

若真是轻视自己，就不会那么费劲地活着，真不知感激，又何必活得那么辛苦。

她在这儿真的发生什么，除了千嘉可能会在上关市闹上一段时间，又真的会有几个人在意呢。

从出生开始，她就注定是不被重视，注定要成为某个人的垫脚石。

她有时候真想问问，既然这么不喜欢，当初又为什么还要她呢？哦，她忘了也许还有另一个用处。

不过，是真的撑不下去了吗？也不至于，只是居然放弃了挣扎。

而他居然知道了她那一刻的想法，这让人有些烦躁。

在水下，知道机器出故障的那一刻，她脑子闪过一个想法，如果真的葬身在这片湖里，好像也不错呢。

她放弃求救的机会，动手解开器材，顺从地任由着身体下坠，心里竟然有那么一刻的释然。

想得太投入，她连李召进来了都不知道。

"余摄影，黎前辈说你醒了，让我给你带点粥过来。"

余枳闻声起来，看着桌上的那碗粥，没有说话。李召就算不解释那么清楚，她也知道这是黎君槐做的，因为李召根本就不会做饭。

在李召关切的目光中，她不情愿地端起粥喝，心里忍不住地吐槽，还真是难喝。

不知道她和黎君槐刚刚吵了一架，李召已经自顾自地开始埋怨："你真是吓死我们了，要不是黎前辈救了你，还真不知道会发生什么。"

余枳没有回答，只是加快了喝粥的节奏，然后迅速将碗还给李召。

以为她要休息，李召也就没有像平时一样叽叽喳喳说个不停，收拾好饭盒独自离开。

病房又随之静下来，点滴的速度好像有些快，刺激着手有些疼。

几天前，她只是因为工作而来到马拉维，当然，也没想到会发生这样的事。

02

七月，位于东非裂谷最南端的马拉维湖正好是干季的开始，雨水慢慢减少，但还不至于太干，余枳为主编挑选的时间表示满意。

作为上关市地理杂志《注徊》的摄影师，大部分时间，她都在路上，不过这一切恰好是她喜欢的。

去新的地方，遇见新的人，经历新的事情，这些对于她来讲，都是值得期待的。

因为杂志需要，这是她第一次来马拉维湖。

也是一次计划之外。

原本安排来这边的摄影师因为临时有事，而作为下期主要内容，主编孔之休临时也找不到一个合适放心的摄影师，这才想到她。

不过让她一个人去，多少不放心，如果不是听上关市野生动物保护研究院的秦院长说，这段时间正好在这边有研究人员，这事最后恐怕也轮不到她。

和她一块过来的李召已经来过好几次马拉维，从见面开始，他就絮絮叨叨一直介绍着，说着那边的景象，说在那边的经历，包括一个好像很厉害的人。

余枳只是含笑听着，没有不给面子地打断，也没有往下接话，本来打算在飞机上睡一觉，现在看来是不可能了，不过这样也免了一路的无聊，倒还不错。

到达利隆圭后，余枳终于见到了他口中的男人。

一米九的身高，即便是在女生中已经算较高的她，还是差他一大截，整张脸轮廓清明，棱角突出，双眸深邃，看人的时候总是皱着眉，也不知道在想什么。

不过几步路，余枳就看出他的腿受过伤，哪怕已经恢复得很好，可对于观察力敏锐的她来说，还是能够看出他右腿没有左腿灵活。

上车后，心里的猜测得到证明，李召主动坐上驾驶座，甚至还问了一句："腿，没事吧？"

他没有回答李召，而是不耐烦地问："来之前怎么不说还有人？"

李召被问得有些疑惑："秦院长不会忘记和你说了吧，《注徊》的摄影师过来拍摄，正巧你在这边，我又要过来，就说一块。"

余枳适时地笑着自我介绍："你好，我叫余枳。"

"黎君槐。"

"君怀天下的君怀？"余枳好奇地问。

不过她没有等到黎君槐的回答，还是一旁的李召告诉她："槐树的槐。"

她打量着已经转过头去的黎君槐，就算是再傻也能够感受到他的不欢迎，她下意识地摸了摸鼻子，随即转头看向窗外。

长势极好的面包树告诉她，她真的到了马拉维，世界的美丽一角。

之所以选择做一个地理杂志的摄影师，大概就是想要能够去各种地方吧，哪怕在一开始就知道这不是一个简单的活儿。

身边的很多人都觉得她不应该累死累活整天到处跑，随便在某个企业找份工作都比现在轻松得多。

一个比不上那些天天在棚里给别人拍片轻松，还总是需要在外面跑的工作，并不适合一个女孩子。

　　记得她刚跟着师父的时候，每天的训练任务不是如何拍照，而是举着砖头站立，那时候，她不过是去关大摄影系听了堂课，结果被《注徊》摄影师的鼻祖——齐砚白老先生点起来的时候，说了一句，想当《注徊》的摄影师。

　　不过说起轻松，余枳倒不觉得做一件自己不喜欢的事情是轻松，相较之下，她觉得现在这份工作挺好。

　　李召又开始絮絮叨叨了，没有人搭理他，却也没有人打断。

　　余枳想：虽然遇上了一个并不是很热情的东道主，但也勉强算是一次还不错的旅行。

　　好不容易来一次这么美的地方，至于这一点小小的不开心，无伤大雅。

　　黎君槐将他们带到之后，就没有管他们，一头扎进自己的房间，只是在进去前说了句不要随便动屋子的东西，还真是说到做到。

　　这处房子是研究院租的，和一路来看到的建筑一样，院前一株几人合抱都抱不住的面包树，茅草的屋顶，显得那么温馨。

　　如果真要挑出个不一样来，恐怕也就只能说，这里乱得可以，那些完全不常见的动物标本，在这儿都能看到，上面还看似杂乱地做着一些标记，余枳看不懂，也不想去研究。

在路上跑了二十几个小时，并不是一件轻松的事，现在她就是需要好好休息一下，保证接下来的工作能够顺利进行。

收拾好东西，顺便将明天的行程安排了之后，余枳片刻不停地上床睡觉。

中途孔之休打来电话，聊表慰问，让她注意安全，有什么事情都可以找秦院长的同事，余枳透过门口看了看黎君槐那扇紧闭的门，不忍心说，那位研究员并不是那么欢迎自己。

如果说第一天的相处勉强算是过得去，那么第二天，余枳才算是体会到自己是有多不受待见。

大早上，余枳刚醒，就接了千嘉一个电话，问她什么时候回来。余枳真想回去看看这位除了男人什么都不知道的大小姐脑子里，到底装的是什么，她刚从上关市飞到这儿，能说回去就回去吗？

不过她也就想想，最后还是将回程的时间，大致说了一下，对面"哦"了一声，就直接挂了电话。

余枳也不在意，将手机揣进兜里，下楼准备吃点早餐。

结果一下楼，就看见黎君槐坐在餐厅吃早餐，余枳礼貌性地打了声招呼："早！"顺理成章地在他对面坐下。

"很早吗，我已经等你半个小时了。"黎君槐看了看手上的腕表，表情冷漠。

等她？余枳有些摸不着头脑。

她拍东西向来喜欢独来独往，关于这事孔之休也说过很多次，毕竟是个女孩子，单独在外面总是不安全的。

她倒是没怎么放在心上，她喜欢出来玩，顺便将见到的东西拍下来，只源于自己，若是带上一大群人，总觉得就搅了那份寻找恬静的兴致，更像是在机械般地制造照片似的，毫无生气。

整个事情没有最初的那份心，会直接影响拍出来的东西。

看他那副样子，余枳心里免不了说上几句，谁还要他等啊，不过嘴上却是笑着："不好意思，其实你可以直接去催我的。"

"我不喜欢敲陌生女人的房门。"

余枳嘴角下意识地一抽，只好换个话题："李召呢？"

"工作。"

余枳再傻也知道这种时候应该识趣地闭嘴，只能看了看桌上的早餐，还不错，比想象中好吃很多。

原来李召是过来帮黎君槐忙的，不过这事余枳倒不是很关心，反倒是黎君槐，为什么一直跟着她。

说等她半个小时，余枳以为只是等她下来吃早餐晚了点，没想到事情远远超出她的预料。

　　一开始只是以为黎君槐是将她送到拍摄地点，却没想到下车之后，他居然跟着一起下来。

　　"你跟着我干什么？"才不过一个小时，余枳就有些忍不住了，她总觉得自己被监视着似的。

　　黎君槐好像并不情愿："别自作多情，我只是不知道怎么推辞秦院长。"

　　原来是接到秦院长的命令。

　　余枳这下算是明白过来，撇了撇嘴，想了想，还是没将心里的话说出来，要是这个时候说没必要跟着，他恐怕会觉得她恃宠而骄吧。

　　其实黎君槐也并没有打扰她，甚至连话都没有说过几句，可余枳还是觉得不自在，大概是因为黎君槐那严肃的样子吧。

　　拍了一天，不知道是不是受了黎君槐的影响，余枳觉得一张能看的照片都没有，恰巧在吃饭时，李召问起她今天怎么样。

　　余枳笑着点头说还不错，却在饭后，主动去找黎君槐。

　　"明天我还是自己去吧。"

黎君槐打量了她半天，像是在判断她话的真实度，最终开口："随便你。"却在余枳打算说谢谢的时候，又补充了一句，"但是别给我惹麻烦。"

余枳撇了撇嘴，笑着说了句谢谢。她难道长了一张惹麻烦的脸，需要他拿出来特意强调？

接下来的几天，黎君槐真的没有再跟着，而是直接回保护区工作，只是他怎么会在她溺水时出现。

不过，她好像给他惹麻烦了。

03

自余枳叫他离开后，黎君槐果真再也没有来过医院一次，每次都是李召准时送饭过来，大概是顾及她吃不惯当地的吃食。

她也不问黎君槐在忙什么，那天莫名其妙地被训了一顿，她并不是很想听见他的消息。

拍摄溺水，余枳并没有告诉家里，只是和孔之休说这边遇到了点事，可能会晚点回去。

孔之休是看着余枳怎么从一个打杂助理变成如今这样独挑大梁的，对于她的性情，多少也知道一点，既然她没有主动说起是因为什么事，那就是不愿意说，也没追问，只是让她注意安全。

余枳这才想起来，除了千嘉外，她要是真在这边发生什么，孔之休恐怕难逃其责吧。

　　虽然肺部受了点伤，但也比不上断胳膊断腿，余枳也就没在医院待很久，第三天就自己办了出院。

　　家里只有李召，见她一个人回来，问她为什么不让他们去接。余枳摇了摇头，说没事。

　　李召说，昨天保护区南边的公路上倒了一只野象，刚成年，腿上有枪伤，已经溃烂发炎，身体也正在发烧，发现的时候已经躺在路上奄奄一息，黎君槐已经在救助站守了一夜了。

　　余枳没有往下接话，黎君槐在做什么，和她没有任何关系，她并不好奇。

　　或者说，她是想要远离黎君槐，那个深埋在心中的，藏得相当隐蔽的秘密，被人知道后，她本能地想要逃避。

　　李召当然看不出这些，已经开始在旁边细数着黎君槐是怎么照顾那只大象，包括黎君槐这些年做的同类事情全都罗列出来，神情里满是崇拜。

　　"他到底是个什么样的人？"听着李召在家里说了好半天之后，

余枳忍不住发问。

李召好像没料到她会这么问，一时间不知道怎么回答。

余枳只好换了个问法："他为什么会干这一行？"

坚持好几年，都很难看见一点成效，每天守着一群行踪难寻的动物，任务就是照顾它们，保证它们能够在这个地球上存活，并且繁衍生息。

这样的工作，更像是秦院长那种整天都笑呵呵，或者李召这样喋喋不休的人会做的，而不是表面看上去冷漠且一板一眼的黎君槐会做的。

余枳看得出来，他那一身肌肉，是长久的训练才能留下来的，异于常人的冷静，都和这份工作格格不入。

"想知道怎么不自己去问他？"向来多话的李召，这次居然简短到只说了这么一句，倒是让余枳有些意外。

既然不愿意说，余枳也就没有再问下去，本来也就是单纯地好奇一下，让她去问黎君槐显然是不可能的。

再聊了几句，两人便各自散去。

今晚的星星很亮，挂在澄澈的天上，余枳坐在桌前整理溺水之前拍摄的照片，顺便想想后面几天应该去哪儿拍摄。

她没想到黎君槐在救起她的同时，还能记得把相机一块捞上来，不过这并不能抵消别的事情。

　　第二天一早，李召问她有没有时间，余枳还没来得及说明，李召却已经抢了先，邀请她去救助站看看。

　　面对李召的盛情邀请，余枳还不知道应该怎么拒绝，这个时候孔之休还打来电话，让她有空去拍一下刚被救下来的那只象，说秦院长那边想要。

　　后面几天的行程本来就不满，原以为还可以慢悠悠地拍几天，现在看来是不可能了。

　　不知道是不是黎君槐故意避开，她去的时候，黎君槐居然没有在救助站，倒是让她暗暗舒了一口气。

　　李召解释说，黎君槐这几天身体不舒服，早上会去医院一趟，一般十一点才回来。

　　余枳应了一声表示自己听到了，又想起什么，问道："因为腿伤？"

　　"咦？"李召有些惊讶。

　　"因为救我？"余枳再次发问。

　　这次李召没有再惊讶，而是不情不愿地回答："是有一点。"大概是担心余枳会自责，又补充道，"但也不全是，毕竟黎前辈的腿之前就受过枪伤……"

枪伤?

余枳因为这个而不自在地皱起眉头，那并不是一般人能够受的伤，安在黎君槐身上也不是不可以，只是有些意外。

李召显然也意识到自己说错话了，赶紧将话题引到别的地方。余枳并不想深究，一个离开这儿后就不可能再联系的人，没必要对他追根究底。

只是让余枳没有料到的是，今天黎君槐居然提前回来了，更加料想不到的是，那只受伤的象，对她手上的相机会有那么大的反应。

当时李召正好有事走开了一会儿，一早上都很温顺的大象，就算是她靠近也没有什么反应，她就想，应该可以帮秦院长拍些照片。

可还不等她拿着相机靠近，温顺的大象突然变得异常焦躁，嘶吼着、挣扎着、冲撞着，铁栏被它弄得摇摇晃晃，似乎下一秒就会崩塌。

毫无准备的余枳，在它最开始的冲撞之时，她就被吓得摔在了地上，从来没有见过这种情况的她，连最基本的逃跑都忘了。

大象狂躁的怒吼声像是从四面八方传过来，余枳意识到自己好像做错了事情，想去解决，可身体已经不受控制，甚至连站起来都不会。

那么庞大的动物，好像下一秒就会被它踩在脚下碾碎似的。

她觉得自己完蛋了，在那么深的水下，都没有死，却要死在一只大象的脚下。

就在她紧闭着眼，觉得大象会立即冲出铁栏将她碾碎的时候，大象的声音渐渐变小，随之而来的是黎君槐的声音。

余枳觉得自己一定是幻听了，不然一向对人冷漠疏远的黎君槐，怎么会在这一刻那么温柔，温柔得像普照大地的光。

"现在就给我滚！"

果然是幻听啊，对她还是这么凶巴巴，甚至像是吃了炸药。

余枳怔怔地收回神来，却发现自己腿软到根本站不起来，大象已经因为麻药的原因，倒在了地上，受伤的那只脚正潺潺地往外冒着鲜血，伤势好像更严重了。

随后赶过来的李召显然也被吓了一跳，看着眼前的一幕，只得将余枳带走。

"我闯祸了对吧？"

一直到李召将她送到家里，坐在沙发上之后，余枳才稍稍回过点神，呆呆地看着李召，发问。

当然闯祸了，就算李召不说，她也知道自己闯祸了，离开时黎君槐看着她的那双眼睛几乎快要渗出血来，让她不由得一惊，直接从沙发上跳起来，本能地想往外跑。

还不知道怎么回答她的李召，眼看着她就要往外面冲，赶紧伸手拦住："你这是去哪儿？"

"找黎君槐道歉。"余枳神情执着。

"黎前辈的气还没有消，你现在过去不是自己往枪口上撞，等他气消了再说。"李召将她按在沙发上，"我现在过去看看是什么情况，你先待在这里。"

整整一个下午，余枳觉得自己这颗心都是悬在喉管上的，好像下一秒就会被惊得跳出来。李召没有打电话回来，没有告诉她那边的情况，这让她不得不胡乱猜测事情的严重性。

忐忐忑忑一直等到晚上，李召没有回来，黎君槐倒是回来了，也没和余枳说句话，直接回了自己房间。

余枳看在眼里，犹豫着，还是决定去敲门。事情是她惹出来的，不管怎么样，都是需要去道个歉的。

黎君槐并没有给她这个机会，反复敲了几次，里面都毫无动静。

就在余枳暗暗决定再敲最后一次，他不开门她就直接在门口喊的时候，门忽然猛地被打开，迎面出来的是黎君槐盛怒的脸，盯着余枳，像是要把她拆了。

"对不起。"余枳悬着颗心，倒不是担心黎君槐会对她怎么样，而是不知道怎么说，"我……对不起。"

"没有别的要说吗？"黎君槐难得有耐心等她说完，"那就给我滚。"

第一次是她叫他滚，还是几天前，在医院。

好像不管怎么解释，都像是在狡辩，她确实没有顾及到一只曾经受过枪伤的大象，可能会对所有的机器产生恐惧，从而抵触，她确实之前没有做过任何的前期工作，就贸然行动，甚至没有问过李召。

"它还好吧？"

"你还有脸问！"

是啊，都是她害的。

余枳死咬着唇，可眼泪还是不受控制地流了出来，自责也好，担忧也好，又或者仅仅只是不知道怎么跟黎君槐道歉。

黎君槐显然没有料到余枳会突然在他面前哭起来，而且还是一副倔强得要死的样子，却也不知道应该怎么处理。

他还没遇到过几个在自己面前落泪的女人，安慰？显然他天生就不会。最终，他只得说了一句"还活着"后，直接将她关在了门外。

余枳看着那扇已经关上的门，由衷地说了句谢谢，毕竟要不是他还真不知道上午那会儿最终会变成什么样子。

在门口又站了一会儿，余枳才回到自己房间，辗转反侧，直到半夜，才浅浅地入眠。

04

次日一早，在救助站看到余枳，黎君槐脸色猛地一沉："你在这儿干什么？！"话里带着明显的厌弃。

余枳也知道自己昨天闯了那么大的祸，黎君槐这样对她也是情有可原，遂小心翼翼地解释："我有和李召说的。"

黎君槐只是瞥了她一眼，什么话都没有说。

看着他离开的背影，余枳闷闷的，心里泛起一种不可言说的惆怅，因为昨天的失误，闹出那样的事情，她总得补救的。

所以，她才找到李召，一方面是过来帮忙，另一方面也是过来学习一下，至少避免以后出现昨天那样的情况。

昨天那种时候问黎君槐显然是不可能的，也就没有和他说，怕他一开始就否决。

虽然并不看好余枳，但是看在李召的面子上，黎君槐也不好再说什么。

后面几天，黎君槐倒也不管余枳，除了不准她接近那只象，只是当余枳冲到他面前说想要拍那只象的时候，他却难得没有说什么。

其实那天下午，他就收到秦院长的电话，让他带着余枳去拍照片，大概是李召将上午的事情和他说了，只是想起那天的事情，这几天也就没有说。

余枳显然没有想到黎君槐会直接答应，不放心地又问了一遍："你答应了？"

"走不走？"黎君槐不耐烦地反问。

她小心翼翼的脸上立即布满雀跃，就像是忽然得到了某个心爱之物的小孩。

黎君槐答应得这么痛快，还有一个原因，李召这几天没少在耳边说她的好。他又不是瞎子，怎么会看不出来，仔细想想，也不知道是因为什么偏见，他在一开始，就好像觉得她不行，继而一直否定她，倒是忽略了她的执着与韧性。

因为早前准备的掩盖物，又有黎君槐在旁边，拍摄倒也算是很顺利，只是大概是一开始有些心理阴影，余枳总觉得那只大象随时可能直接发狂。

黎君槐显然也看出了她的担忧，不忍地在旁边淡淡地说："一开始胆子不是挺大的吗？"

余枳看了他一眼，最终却只得默默地拍照。

她后来从李召那儿听说，大象之前可能被偷盗者射伤过，所以会对类似的物体产生抵触，虽然看上去强大，毕竟也有恐惧的东西。

她想，或许她对他们的了解，太过肤浅了，他们其实都是在做着，细致到一般人根本做不到的事情，烦琐且辛苦。

在行程结束之前，李召说要给余枳办个欢送宴。

其实按照大家的交情，根本没必要这么麻烦，本来也就是顺路一块过来，然后顺便住了几天，用不着做这些。

不过看到李召这么热情，余枳也不好直接打击，何况李召说黎君槐已经同意，她就更加不能拒绝。

那天从下午起，李召就开始忙活，相比较于没有互相说过一句话的两人，整个房子都充斥着李召的声音。

余枳忍不住想，以后要是谁嫁给了李召，一定要有绝对的定力，不然怎么能够受得了他天天这样唠叨。

饭桌上，有鱼有肉，倒也算是丰盛，李召还特意买了点酒。

从头到尾，黎君槐都没再说过一句话，余枳偶尔会回一下李召，从头到尾都避开黎君槐。

"余摄影，要喝点酒吗？"李召举着酒杯询问。

"不用了，我不喝酒。"机票是明天的，她并不想把自己折腾得那么累。

倒是黎君槐，提前抢过李召手里的酒杯："别给我惹麻烦？"

李召识趣地闭上嘴。

余枳当然听出了他的话外之音，不过想到是最后一天，也就给忍了下去。

也不知李召一个人居然也能醉成这样，一顿饭下来，含含糊糊地念叨着，也不知道说的是什么，考虑到黎君槐的腿，余枳打算扶李召回房间。

看了看已经在收拾碗筷的黎君槐，她犹豫着，还是说了句谢谢。

"谢谢我救你？我看你恨不得我当时没有多管闲事吧。"他声音平平淡淡，倒也算是没生气。

"随你怎么想。"知道他还在介意那天溺水的事情，可有些事，她没办法解释给他听的，也并不想解释。

余枳扶着李召生气地离开。结果在经过客厅的时候，李召忽然想吐，速度快到余枳根本没有反应，直接吐在了黎君槐放在客厅还来不及整理的资料上，难闻的气味立即充斥整个屋子。

余枳心里"咯噔"一下，一时间不知道怎么办才好。

黎君槐闻声赶过来，看到地上的东西，盯着余枳半天不说一句话。

"对不起。"余枳有些不知所措。

原以为黎君槐会很生气，却没想到，黎君槐只是轻飘飘地说了一句："扶他回去。"

余枳照顾好李召之后，回到房间，躺在床上，却怎么也睡不着。

李召说过，那是黎君槐收集了好久的资料，里面的每个对比数据，都可能要细心地观察几个月才能知道，结果却因为她……

余枳烦躁地骂了自己一句，起身下去找黎君槐。

"我帮你整理吧。"

黎君槐瞥了一眼站在走廊的她："不用。"

余枳看着他整理着资料，他眉头皱得比任何时候都紧，不知道是因为呕吐物的酸臭味，还是因为毁了他这么久的劳动成果，但不管怎么说，都和她脱不了干系。

这种时候离开，余枳实在过意不去，看了看黎君槐，回房间拿了一沓纸，将那些已经湿掉的资料，重新抄了一遍。

黎君槐看了看余枳，本来还想说什么，最终却也不过是继续着手上的事情……

余枳走的时候，李召还在睡觉。

黎君槐坐在客厅，不知道是一夜未睡，还是特意醒过来，不过余枳知道，这与她并无关系。

"再见！"出于礼貌，她在临出门前还是打了个招呼。

"再见就免了，我还是希望不要再见。"黎君槐说完转身回了房间。

余枳无奈地撇了撇嘴，确实没必要再见的。

有些人，注定只是某个站台的匆匆一瞥，再约定下面的旅程就显得有些强人所难。

何况，回去之后的她，恐怕比不上现在这么轻松，可以胡思乱想吧。

车是黎君槐事先安排好的，直接送到利隆圭，哪怕两人相处并不愉快，他还是准备周全，因为这是秦院长交代的任务。

那天溺水，在意识残存的时候，听到耳边有人说坚持住。

其实黎君槐或许并没有表面看上去那么不近人情，至少他在照顾那些小动物的时候，温柔至极。

哪怕这样，就是因为这样，他们就更没有必要再见面，哪怕他是秦院长手下的兵。

他知道她不愿让人知晓的事情，哪怕知道他不会随便拿出来说，可站在他面前，余枳觉得自己毫无遮拦，不觉得害怕，却有些心慌。

这种感觉很奇怪，她不敢深究，只是知道必须逃离，否则注定粉身碎骨。

第二章

| 彼之蜜糖，我之砒霜 |

没有怀抱期望的好处在于，失望不会来
得那么沉重

01

随着飞机离开利隆圭，在马拉维发生的那些事，终究不过是平常工作的一段插曲。

黎君槐的那些资料究竟整理成什么样子，她不清楚，昨晚她怎么回到自己房间的，她不清楚，不过，都不重要。

从离开这儿开始，这里发生的一切很快就会被遗忘。

可能是昨晚没有睡好，余枳从上飞机开始，就一直在睡，除了中途转机的那一个多小时在硬撑着。

空姐提醒马上就要降落在上关市的时候，余枳猛地清醒过来，去卫生间简单地收拾了一下，便等着飞机降落，整整睡了好几个小时，虽比不上床上舒服，倒也补回了点精神。

在飞机降落后，她并没有急着离开，一直等到空乘来催，才慢悠悠地从座位上离开。

这个时候的上关市，谈不上很热，可到底比马拉维高了好几度，余枳被灼热的太阳照得有些头晕。

从停机坪到出口还有一段距离，她取了行李，在机场外随意找了辆出租车，直接去了杂志社。

每次拍摄回来，她一定会第一时间回杂志社整理照片，这是她雷打不动的规矩。

不过她还没有来得及在办公室坐下，就有人找了过来。

“太太，先生让我过来提醒你，早点回家。”

是继管家。

看样子是刚才在机场没有接到她，才赶来杂志社的，毕恭毕敬，却连一句埋怨都没有，倒是让余枳有些过意不去。

“知道了。”

余枳看了看时间，虽是答应了下来，却没有起身，就连眼睛都没有从电脑屏幕移开。

继许可能这么早回去吗？他上次回家是什么时候，余枳费力地想了想，却没能记起来。

嫁到继家的这么多年，这还是她头一次听见说继许让她早点回家的，倒是新鲜。放在平时，就算她在外面消失十天半个月，也不见他打电话问过。

余枳有时候也觉得可笑，他们的婚姻，也许不过是一场再平常不过的交易，不上心也正常。

继管家也不着急催，就这样安静地在一旁等着，直到余枳不忍心。

"走吧。"她叹了口气，关掉电脑，起身往外面走去。

上关是座很美的城市，不管是从地理位置，还是从城建，政府也意识到了这一点，有意地将上关变成一个花都，与路两旁高大香樟呼应的，绝对是娇艳的花，上关的气候温和，倒也合适。

而在这座城市最好的地段，拥有最好房子的人，便是她的老公，继氏集团现在的掌门人——继许。

像余家身份地位都平平的家里养出来的女儿，能够嫁到这样的家里来，别人觉得她家上辈子一定烧了不少高香，不然哪有这样的运气。

是运气吗？不过是因为继家念及当年在困难时父亲费尽心力帮他渡过难关，以至于现在还是一个中学老师，所以才大发慈悲，让自己的儿子娶了她。

"先生还说了别的吗？"在车即将到达继家的时候，余枳特意多问了一句。

继许不可能什么事都没有就叫她早点回家，回继家的次数，一年都没有几次的人，会突然叫她早点回家等着，不会没有事。

继管家摇了摇头："没有。"

知道继管家是不愿意说，余枳也就没有勉强。

车停在继家门口时，余枳心里一紧，下意识地连后背都撑得笔直，深吸了一口气，稍稍整理情绪，才下车。

继家的宅子是专门找的法国设计师设计的，整个风格模仿欧洲古堡，在上关这样一座花城倒也算是恰到好处，院里种满了玫瑰，因为林华喜欢。

"妈。"余枳进门后，礼貌地和坐在客厅的林华打了声招呼。

林华正在摆弄着刚摘的玫瑰，应该是打算在客厅摆上一束，见余枳回来，慢悠悠地抬起头，语气埋怨："一天到晚就知道往外面跑，不知道的还以为我们继家怎么亏待你了。"

又来了。余枳有些头疼，却没有直接表现出来，示意继管家可以让人将她的行李放回房间，至于她，在客厅坐下，帮着林华整理玫瑰。

"妈这说的又是哪里话，继家对我很好。"她语气不卑不亢，脸上的笑容恰到好处，不敷衍，也不谄媚。

"继家是对你好，可你怎么就不知道为继家做点什么呢？"林华倒是没有阻止余枳帮忙，只是脸上还是有些生气。

余枳温温地应着，嫁过来不久，林华就想让她辞掉杂志社的工作，只是她真的很喜欢摄影，就一直没有答应。

"用人唯贤，公司的每个人都各司其职，我这样一个门外汉，去抢了他们的饭碗不合适。"

听她推辞，林华有些生气："你就算再怎么样，也学过，比你那弟弟不知道强多少。"

余枳心里一怔，修玫瑰的剪刀一个不注意，直接剪在了手上，血在一秒停顿后噌噌地往外冒，林华也被吓了一跳，赶紧招呼着一旁的帮佣找东西包扎。

"余柯又闹什么事了？"余枳随意地在茶几上扯了几张纸，暂时止住血，并没有去包扎的意思。

林华看了看她受伤的手，本来还在生的气，现在也给吓没了："你先处理伤口吧。"

余枳看着林华，知道一定是出了什么事情，不然不会在余柯去公司后这么久才说这些。

见她不愿意说，余枳只好欠了欠身："那我先上楼了，抱歉，本来说帮忙，没想到还惹出这么多麻烦。"

林华知道余枳说的是地毯上的那些血迹，不过现在也没有空去计较，摆了摆手，催着她快点上去。

02

回到房间，余枳没有着急处理伤口，而是给余柯打了个电话。

自从她嫁到继家来，孟月琴一直让她在继家的公司帮余柯安排一个事情，说是肥水不流外人田，自然是要帮衬着家里的。

可余柯有几斤几两，余枳怎么会不知道，大学是连着考了三年才勉强挤进去的，没有读完就直接休学在家，何况他的心思就不在工作上，这种样子，进继家的公司能做什么，而且继家的人情，她并不想欠。

直到去年，回家过年，孟月琴直接和继许说了。

这方面继许向来做得很好，开春一上班就在公司找了份事给了余柯。虽然不是什么大职位，但余柯有他那位姐夫撑着，还是可以在公司横着走的。

这件事余枳没有在中间说过一句话，可她清楚，要是真出了什么事情，责任还是得由她全部担着，这是他们余家的规矩。

"余柯，你是不是在公司闹什么事了？"

"姐，那个……"

余柯还没有说完，那边已经换了一个人："你弟弟在外面受气就算了，怎么，连着你也要帮外人教训他？"

余枳已经习惯了孟月琴说话的方式，压抑着心里的烦闷，依旧保持着该有的礼貌："妈，你这说的又是什么？"

"要你帮忙的时候吞吞吐吐，一出事就知道拐着弯帮别人，我们家怎么就养了你这么个白眼狼。"

孟月琴做什么事情都喜欢占个先，什么都不说，倒是先把余枳给骂了个透。

"您总得让我知道发生了什么吧？"

余枳有些无奈，这些话不知道听了多少遍，有时候真的觉得可笑，明明两个人都是从她肚子里出来的，差别怎么就这么大呢。

"你知道也没用，你说是不是你没有好好讨好继家，继家现在给我们摆这么一道？"

余枳顶着最后的理智，疲倦地叹了口气："您还是当我没有打这个电话回来吧。"

话说到这份上，已经没有问的必要，她知道那些话，是她替余柯在孟月琴那儿受的，孟月琴舍不得骂余柯，总得找个出气筒。

手上隐隐的痛让她收回意识，刚才那一剪刀下去，这两天手恐怕都沾不了水，不过也没关系，反正这个家也没她做事的机会。

她小心地试着撕开已经黏在上面的纸巾，可多少还是会碰到伤口，折腾了好半天也没见成效，还白白疼了一阵，干脆罢手，直接找了几个创可贴随意糊在上面。

电话在这个时候，又响了起来，不用猜，也知道是谁打来的。

"小枳，你没生气吧？"

余庆的声音带着紧张和试探，只小心翼翼地询问。这大概是余枳不管再委屈，都还是要想着余家的原因吧，她可以不管余柯的死活，但是余家，她没办法不管。

余枳鼻尖忽地一酸，深吸了口气，才开口："没有。"

"生气也是应该的。"余庆柔声安慰着，"她一着急就喜欢胡言乱语，什么都不管，那些话你也没必要放在心上，把自己堵得慌。"

"我知道。"哪怕这套说辞也已经听了一百遍，余枳还是应承着。

　　小时候，余柯自己玩和隔壁打了一架，回到家，被打的却是她，因为她没有看好弟弟；余柯上学不做作业被老师罚站，回到家，还是她的事情，因为她没有教弟弟；后来，余柯学着别人逃课，挨打的还是她，因为她没有拦着弟弟。

　　每次挨完打，余庆就会过来安慰她，说孟月琴是因为太生气，才那样做。

　　她以为做姐姐的就该受着这些，后来才知道，那些规矩，只有他们家有。

　　可明明她什么事情都没做，凭什么后果却总是让她来担？

　　好几次她想问余庆，可最终却什么也没有问出口，看着余庆无可奈何的脸，她又只能咬着牙吞下。

　　"最近工作很忙吗？"余庆关切地问。

　　"还好。"关于自己的事情，她并不想多谈。

　　余庆让她没必要那么辛苦，等了好一会儿，才试探着开口："小柯的事情，你也不用太着急，能帮就帮帮，不能也别勉强自己，他也该长大了。"

"嗯。"手似乎痛得有些麻木了，余枳并不想现在谈这些，便随口转了个话题，"爸，你最近还好吧？"

"都好，都好，我不用你操心的。"余庆顿了顿，"你在继家还好吧……"

当初嫁到继家来，是孟月琴这么多年，第一次从头到尾都没有说过一个"不"字的事，后来才知道，这不过又是一次牺牲，一次帮着余柯上台阶的牺牲。

不过嫁到继家来真的好吗？应该是好的吧，就算继家有再多条条框框，却还是尊重她的。

没有再聊几句，就匆匆挂了电话，余枳呆坐在房中，一直到林华叫她下去吃饭。

林华看了看她的手，下意识皱了皱眉，最终却什么也没有说。

今天继家的饭桌有些萧条，平时公公继明辉一定会准时下班回家，至于继许，除了特殊时间，倒是很少准时下班回来。

饭后，周婶上来敲门："太太，您的手还是让我帮你重新包扎一下，万一感染了会留疤的。"

周婶是林华的人，这时候上来，应该是受了林华的意思。

看了看自己随意缠的创口贴，余枳撇了撇嘴，继家的媳妇要是这样出去，确实不太合适。

任由着周婶带着东西帮她拆开了创可贴，又重新包扎。

看着伤口，周婶忍不住抱怨："太太这又是何必了，夫人这不也是为了你和先生好。"

被看出来了呀，她确实是不想去继氏上班，就顺势受个伤，还一语双关说帮不了忙还惹了麻烦，是告诉林华，她胜任不了那些事。

余枳微微笑着："先生有能力管好公司，用不着我帮忙。"

周婶瞪了眼余枳，带着些恨铁不成钢的意思："那哪能一样，太太去公司帮忙了，先生才能知道太太的心。"

"周婶，你看你说的。"

他们俩一开始就没有那份心，现在再来弥补还来得及吗？哦，她忽然记起，早在出差前，她意外看到继许准备的离婚协议。

既已如此，有些事情，她不插手，才不至于牵扯不清。

周婶识趣地闭上嘴，手上的动作更是放轻了下来，将伤口处理好后，微微欠了欠身，转身离开。

03

今晚恐怕要下雨，天空阴沉沉的，好不容易冒出来的几颗星子，也被乌云给挡了去。

手上的伤口被周婶处理后，已经好了很多，伤在左手，倒也没有太大的影响，至少想做的照样可以自己做。

周婶心细，特意找了个东西可以包住伤口，让她洗漱完之后，再拆开也不迟。

至于那个叫她早点回家的人，反倒一直没有出现。

下飞机的时候，还以为今天简单处理下杂志社的事情就能够早点睡觉的，现在看来，恐怕是不可能的了。

余枳随意去书房转了转，这里是她和继许在这个家唯一有交集的地方，里面有一排书架在她嫁过来的时候特意空着，意思是这个书房有一半是属于她的，现在放着些工具书和几本小说。

她的书桌也在里面，朝着窗户，背对着继许的书桌，她喜欢靠阳的方向，嫁过来时便摆在了那儿，只是嫁过来，却没用几次。

第一次来继家，继许正好出差回来，明明已经累到眼睛都睁不开，却还是听从继明辉的话，带着她在继家转转。

那时，唯有她不知道，这次名义上的邀请，其实是一次变相的相亲。

看着继许厚重的黑眼圈，余枳好几次想开口说，其实不用特意带她转，可想了想，终是没有说出来。

直到后来还是她走累了，被他看了出来，才说找个地方坐坐。

哪知道继许刚坐下就睡着了，而她又不好意思打扰，就这样任由着他枕着她的肩膀，坐到腰疼，也没吭声。

那次之后，两人渐渐地熟络起来，每次都是继许主动约她，偶尔是在他公司楼下吃饭，偶尔是去看个电影，更多的时候，是他等在杂志社楼下，然后送她回家。

每次继许都保持着恰当的风度，该做的都做到，不该做的绝不越距半步。

直到大半年后，继许提出结婚，余枳记得当时自己很平静，前面表现得这么明显，不用戳破大家也心知肚明，可等到那句话的时候，还是有些感动。

而这一切，她是渴望的。她想找个可以喘气的地方，逃出余家那个牢笼。而继许这个提议，正是那个时候的她需要的。

何况，两家并没有给他俩选择的权利。

没一会儿，果然变了天，豆大的雨毫无预兆地砸下来，余枳赶紧关上窗户，书房要是飘了雨进来，第一个遭殃的一定是她的书桌。

虽然很少用，但还不至于眼睁睁地看着它被淋湿。

继明辉回来得早些，林华在楼下等着，人一回来，就听见她让继明辉先去洗个澡免得感冒，顺便问继许怎么还没有回来。

余枳下意识地看了眼墙上的挂钟，已经是晚上九点。

有一点她不可置否，她这个妻子，确实不是那么合格，长时间出差，就算在家，也不会特意等他。不过，继许好像并不在意这些，从来不问她的事情，对她放心到了放任的地步，又或许是真的不在乎。

就像现在，明明淋了一身雨，可还不等她说什么，他已经转身去了浴室，里面有余枳提前准备好换洗的衣服。

出来的时候，头发还在滴水，他倒也不在意，没记错的话，现在至少十一点，平时这个时候，余枳早该睡了。

"你有事找我？"是继许先开的口。

这句话问得很奇怪，明明是他先叫她回来的，现在却反过来问她。

余枳也不真去计较，"嗯"了一声，她知道，用不着再说什么，继许显然知道她要说什么。

果然，继许已经说了下文："让他暂时回家休息一段时间，毕竟是刚来公司不久，造成公司的损失，我也有必要和高层解释一下。"

原来是因为这事，难怪余柯半点不敢跟孟月琴说。

余枳看着继许的神情，虽然有些疲惫，但不至于愁眉不展，又能说得那么轻松，必然是没有出什么大问题，只是她却不能什么都不做。

"嗯。"她从浴室旁的柜子里找了条干净的毛巾，递给继许，示意他擦一下头发，"可以的话，给他换个简单点的工作吧。"

继许接过毛巾："还有别的事情吗？"

赶人的意思那么明显，余枳也不好一直拖着他："亏损的金额，有空让秘书发给我。"

"就是七十万的损失，并不算大，你要还的话，随便你。"继许面色不悦，他不觉得非要划分那么清楚，却还是尊重她。

余枳不知从哪里拿出一张银行卡："这里面是五十万，剩下的，我会尽快还上的。"

既然她要那么坚持和继家划清关系，那他没理由阻拦，伸手接过她递过来的银行卡，朝书房走去。

还真是可笑，明明应该是亲密无间的两个人，每次谈话都这么公事公办。

有时候，余枳真搞不懂，如果只是这样，那自己当初嫁过来究竟是为了什么，哪怕一开始就知道不过是余柯的一个跳板，心里却还是免不了有些苦涩。

他没有发现她手上的伤，又或者说，他根本没空去在乎这些事，出了这么大的事情，他该是有的忙了。

就算他不忙，他会注意到吗？她摇头，不会的，他根本就不会在意她。

不知道是不是过了平时睡觉的时间，她躺在床上翻来覆去，就是睡不着，手上的伤口只要不碰已经感觉不到疼，只是包着一层纱布，总归有些不适应。

外面的雨还没有停的打算，看来外面那一院子的玫瑰是保不住了，不过这事不归她操心，林华恐怕比她更着急。

她想明天可能要联系一下千嘉。

04

可能是因为昨晚折腾到很晚才睡，余枳今天早上难得赖了下床，起来的时候，林华已经围着院里的玫瑰唉声叹气了好半天。

周婶在她出门前再给她换了次纱布，端上早就准备好的早餐。本来没什么胃口的余枳，也只得坐下意思着吃了两口。

她喜欢坐公交车上班，但是继家的条件并不允许，能够住在这附近的，谁还会去挤公交车，所以平时她都是自己开车上班，不过今天她的手……

应该也没有什么问题，她想了想，照旧拿着钥匙出门，只是当她准备去车库的时候，继管家来了。

"太太，先生说，今天让我送你去上班。"

继许让人送她去上班？

不过只是几秒的时间，余枳就明白过来，继管家这方面向来做得很好，周婶都能记住的事情，他自然不会落下。

"那就辛苦继管家了。"她没有拆穿，既然他说是继许让他送的，那就当是继许吧。

继管家将她送到杂志社楼下，正好碰见来上班的孔之休。

"主编，早！"余枳迎上前去，笑着打了个招呼。

昨天她回杂志社，孔之休正好有事在外面，后来，她被继管家叫了回去，倒是生生错过了。

孔之休看到她完整地回来，吊着的心才算放下来，会心一笑："敢笑着和我打招呼，看来这次拍的东西应该不错。"

刚来杂志社那会儿，虽然余枳当时的摄影技术已经很到家，可却总是把握不了需求，不知道被孔之休单独教育过好多次，以至于有段时间，见着孔之休就躲。

知道孔之休又拿她刚来的事情取笑，余枳佯装生气地板着脸，强调："主编，揭人老底并不是好作风。"

"我可什么都没说。"孔之休耸了耸肩，趁着分开之前提醒，"下班之前把东西交给我。"

余枳不情不愿地点了点头："遵命！"

忙了一个上午，趁着中午吃饭的空当，余枳才给千嘉打了个电话。

"什么时候有空？"面对千嘉，余枳向来不会客套。

电话那头的人好像刚睡醒，愣了老半天才反应过来："啊，余枳，我告诉你，我现在被我妈关在家里，你快想办法把我救出去。"

听见千嘉像是抓住救命稻草似的惊呼，余枳开始有些后悔自己打了这通电话。

她在上关的朋友并不多，换句话说，除了杂志社的那些同事，就只剩下千嘉。

和千嘉认识谈不上什么相交，两人从小学开始就一直莫名其妙地被分在一个班，但这份天赐的缘分并没有让她们立刻成为好朋友，反倒是两人同时去了关大，一来二去才算是顺应天意，开始慢慢地熟络起来。

千嘉的生活里除了一个能干有钱的老妈，大概就只剩下一大堆随时可能换掉的男朋友吧。

为这事，千阿姨也是操碎了心，没见过哪个女的和她似的，这么没有定性，喜欢必然会追到手，稍微一个不如意，绝对走得干干净净，谈恋爱就像过家家。

不过有一点余枳承认，千嘉那种一眼就让人觉得惊艳的美，足够让一大堆男人前赴后继。

但就算是这样，千阿姨也总不至于将她关起来吧，知道里面有问题，但余枳并不着急问，她知道，千嘉早晚会自己说。

"你还是当我没有打过电话吧。"余枳想了想，决定放自己一条生路。

"余枳！"千嘉厉声威胁，"你要是敢挂电话，我就死在你家门口。"

她一说完，余枳果真停下了收手机的动作，倒不是怕她死，而是怕她去继家门口。

"周末行吗？"余枳问道，听见千嘉否决，只能板起脸，"那也要等，我一回来就去你家，阿姨肯定不会松口。"

知道没有转圜的余地，千嘉只能不得已地答应下来，却在挂电话时，忍不住反复叮嘱。

一下午，余枳都在整理着那边的照片，中途孔之休来过，送了杯咖啡进来，临时给了个任务："小枳，有空帮我写点东西，按你以前的那样写就可以，我放在下期用。"

这对于余枳来说并不算难事，之前也有写过，只是这样一来，她就不得不想起发生在马拉维的那些事情。

孔之休向来都是将版面排好后，再安排稿子，根本不会给人拒绝的机会。

这就是孔之休，看上去温温和和，什么都好说，可谁知道，温和底下藏着的才是他必达目的的心。

都是拿着东西进来的，何况人家还是领导，余枳再不情愿也只能应下来，至于怎么写，恐怕要费些心思，倒也不是难事。

"谢谢，主编什么时候安排任务，还带贿赂的？"

孔之休目光无意间扫过余枳受伤的手："那是希望你能够早点交上来。"

余枳自然没有注意到这个，举起那杯咖啡，尝了一口："看来这次是不能拖稿了。"

孔之休笑了笑，转身离开。余枳向来不会拖拖拉拉，他又何必费心思做这些事情。

有些心思，装傻充愣才是最佳的方式。

本来一直想问孔之休最近有没有别的活可以介绍，二十万对于继家不算什么，可她并不是一时半会儿能够赚到的，她必须找点别的事，可又怕孔之休直接借给她，想了想也就作罢。

孔之休勉强算是朋友，但那件事，怎样都算是继家的事，没必要扯上孔之休。

下班还是继管家派人过来接的，这个事情，余枳倒也没觉得意外，想着晚上和继管家说说，明天没必要送她。

车开到一半的时候，余枳忽然说要下车，正好停在继氏附近。

既然继管家已经这么大费周章地带着她绕了一圈从继氏旁边经过，不顺着他的意思进去转转，倒是白费了他的一片好心。

她在路上买了两份饭打包带上去，都是继许喜欢吃的，倒也算用心。

倒是继许，显然没有想到她会来公司找他，一闪而过的惊讶之后一如平常，他看了看她手上的饭："放着吧，你先吃，我还有点东西没看完。"

"没事，等你一起。"

余枳顺势在沙发坐下，这间办公室她来的次数简直一双手指都数得过来。

结婚之前，不过是履行家里的任务，也就没有带她过来过，后来结婚，关系直接挑开，余枳自然也不会巴巴地赶过来，现在要不是林华周婶三番五次地逼着，她也懒得做这些样子。

在她发呆失神的时候，继许已经停下了手上的事，大概也看出了她并不想在这儿久留。

"等下我还要加班。"

余枳毫不介意："嗯，我自己打车回去。"

"你没开车？"

一句话，就让继管家这一整天大费周章做的这些事给露了馅儿，不过幸好余枳也不介意，早就想到的。

没有怀抱期望的好处在于，失望不会来得那么沉重。

继许显然也意识到自己说错话了，今天出门的时候，继管家不厌其烦地在他旁边说了一大堆，无非就是告诉他余枳的手昨天受了伤，只是今天忙了一天，倒是给忘记了。

他还准备说些什么，不过余枳没有给他机会，已经打开外卖。

继许一眼就看出这是当年他俩经常去的那家店，里面的饭菜两人都喜欢，只是继许没有尝出来，里面的厨师已经换了人，味道也有所改变。

将该演的戏演完，余枳马不停蹄地准备离开，本来也是顺着继管家的意过来，加上想到那个时间回家，饭桌上继明辉和林华都在，也不自在。

只是她还没在楼下等到车，继许的车已经停在她面前："一起走。"

余枳没有着急上车，定定地看着继许，摇了摇头："没必要……"

"你为了什么，我也是。"继许打断她。

原来如此，既然已经开始，自然要做全套。她怎么差点一下误会了呢。

话已经说开，余枳也就没有什么好别扭的，依言上了车。

05

一直等到周末，余枳才真的有空去找千嘉，见是余枳，千阿姨也就没有怎么拦着，她向来喜欢余枳，还经常说，要不是她只生了个女儿，一定不会白白便宜了继家。

余枳上楼敲了敲房门，也不管里面莫名其妙叫着"不要管我"，直接开门进去，看着坐在床上的千嘉，略带同情地问："被摆了一道？"

千嘉神情哀怨地看着她，略带感伤："你说怎么会有人在我的招式下，还能游刃有余呢。"

这是遇到对手了，不过余枳倒不介意替她补上一刀："这不才是你向往的高手过招吗，好好接住。"

千嘉知道自己说不过她，遂扬了扬手："不说这个，找我什么事？"

在千嘉面前，她也用不着拐弯抹角，直接开门见山："你周围有没有需要照片，或者需要拍照什么的事情。"

"怎么回事？"

"还继家的钱。"余枳也不拐弯抹角。

这么多年的关系，两人家里的情况，多少都有些了解，既然余枳这么说，千嘉也就没再往下问，只得想着怎么帮她。

"我妈那边新楼盘后期可能需要些宣传照，但还有段时间，不过……"千嘉双眸一转，"倒是有个别的事情，正好用得着你。"

"什么事？"

千嘉得意地笑了笑，连看着她的眼神都变得温柔了起来："我发现，你真是我的福星。"

不用问，余枳已经猜到几分了，换作平时，余枳一定对这些事情不感兴趣，不过现在，她并没有别的退路可以走。

"那你约好时间再找我过去。"

知道不可能一下凑齐那么多钱，也知道继家不缺那么一点钱，但她还是倔强地不想欠着继家。

将这件事情解决好之后，千嘉说想出去逛街，她无奈地撇了撇嘴，却还是去找了千阿姨，果然，只要是她说，千阿姨还没有不答应的。

和千嘉的相处谈不上有多腻，更多的像是千嘉刻意黏着她，不过余枳清楚，这是唯一一个愿意有困难会主动找她的人。

因为千嘉知道她的情况，也知道继家的情况，且从不多问。

陪着千嘉逛了一个下午，回到家，余枳正好看见孟月琴带着余柯过来，估计是已经听说了余柯犯的那些事。

余枳打算直接上楼，却被林华叫住。

再不愿意，林华的面子还是要给，何况孟月琴还在。

"你说公司的事情，我也不清楚，这事向来都是小许在管。"林华柔柔地笑着，不慌不忙地将事情往她那边推。

她怎么会不知道林华的想法，就算是再看不起余家，在亲家面前，还是得做出一副大方的样子，何况她说得没错，这件事，确实是继许在管。

"我们不谈公司的事。"她实话实说，他们不仅不谈公司的事，他们什么事都不谈。

这话落在孟月琴耳里，恐怕就是不愿意帮余柯的意思。

"这种时候，你居然还在那儿说这些，我真是白养你了。"就算是林华在旁边，孟月琴也丝毫不给她留面子。

余枳觉得自己根本没有待在这里的必要，林华足够处理好这些事情："妈，没事的话，我还有事，晚饭不用叫我。"这话是对着林华说的，她没做错什么，没有理由在这里坐着等着挨骂。

个中意思，林华自然也看了出来，家里的眼线那么多，余枳找过继许的事情怎么会瞒得过她，本来还想顺个人情好让她和继许能够亲近些。

她虽然不喜欢余家，但是对于这个媳妇还是有几分好感，不然当初也不会让余枳嫁进来，不过对方却并不打算受她这份情。

"忙的话，我叫周婶给你送上去。"和黑着脸的孟月琴相比，林华倒是和善。

余枳点点头："谢谢。"片刻不停地上了楼。

这天晚上，余枳没有再下去过，周婶送饭来的时候，她正躺在阳台的吊篮上睡觉，陪着千嘉跑了一天，要不是她没有穿高跟鞋，现在还不知道累成什么样子。

周婶似乎看出她今天心情不好，也没有多言，只是说林华现在正在院子修理玫瑰，余枳闷闷地应了一声，表示知道了。

余家这样贸然找到这儿来，周婶是担心林华心里对她有什么介怀，不过这事她倒是不担心，林华要是真介意就不会让他们进门了。

至于别的事情，她觉得自己还是装聋作哑的好。

千嘉主动打电话说那件事已经说好了，问她什么时候有空，余枳想了想，将时间放在了下个周末。

按照千嘉发过来的消息，找到了她说的地方，大概是下午，明明应该是繁华的商业区人并不多，余枳跟着千嘉走了进去，只见千嘉进去指了指坐在不远处的人："这就是我跟你说的人。"

她觉得千嘉有些多此一举，现在整间酒吧空荡荡的只有他一个人，不用介绍也能猜到吧。

当然，她怎么会看不出千嘉的心思，自然也就由着千嘉和那人套着近乎，一直等千嘉介绍完，才礼貌地伸出手，脸上的笑容意味深长。

"你好，余枳。"

本来慵懒躺在沙发上的人，看了看余枳的手，倒是给足面子地站起来，轻轻一握，时间力气都把握得刚刚好："没想到上关还藏着这样的美女，魏宁安。"

五官在男生中少有的精致，眼睛弯弯，含着笑，给人一种很容易接近的印象，就连衣服都不过是简单的 T 恤休闲裤，看上去随性得很。

不过一眼，余枳就知道，千嘉根本就不是他的对手。

这人做事，可比千嘉有心眼多了，不管从哪里看，都恰到好处，不多不少，少了会让人觉得疏远，近了让人觉得滑头。

难怪千嘉会因为他被千阿姨关在家里，遇上这样的对手，千嘉那些小伎俩根本毫无招架之力，这样想着，余枳也不废话，切入正题。

千嘉听不懂这些，便自顾自地去后厨找点吃的，魏宁安也不拦着，由着千嘉在他这里肆意妄为。

"魏先生觉得怎么样？"余枳的鼠标随意停在某张图上，眼神却是看着千嘉，其中意思，已经很明显。

虽然知道第一次见面就这么问，毫无礼貌，不过有了工作的掩饰倒也不算过分。

只是魏宁安并不入套，面上挂着淡淡的笑容："我想让酒吧的色彩丰富一点，所以想让余小姐拍几张跳跃感强一些的风景照，听说余小姐是这方面的专家。"

"专家谈不上，有些经验倒是真的。"有些事情，点到为止，说得太透彻就不好玩了。

魏宁安也不刻意吹捧，而是顺着余枳的话往下接："本来想说在网上找几张图再买下来什么的，不过觉得那样还麻烦些，这样，应该不麻烦余小姐吧。"

"魏先生的报酬并不少，谈不上麻烦。"

余枳笑了笑，直接收好电脑，各项事情都已经谈好，就没有啰唆的必要，正好这时候千嘉从后面端着一盘西瓜出来。

千嘉显然没有想到他们会这么快就谈好，眼神里有些失落。

"我还有事，你就不用跟着了。"余枳吃了几口西瓜，笑着对千嘉说，虽然不知道千嘉这次用了几分真心，但既然已经卷进来，自然不能什么都不做。

魏宁安倒是大方，礼貌地起身准备送余枳离开，却正巧看见刚进门的人，忍不住打了招呼："君槐，你居然自己找来了，正好。"

正埋着头收拾东西的余枳听到这句话，本能地转身看过去，看到门口的人时，心里一惊。

第三章
| 孤石击水，漾漾其心 |

他的心像被什么东西猛地一撞，开始异
样地跳动着

01

怎么都不会想到，她和黎君槐的再次相遇会这么快，如果她没有会错意的话，他还和她未来的客户，关系匪浅。

最终还是千嘉先沉不住气，推了推一旁的魏宁安："不打算介绍一下吗？"

魏宁安看了一眼旁边的千嘉，收拾起刚才那玩味的笑容，故意清清嗓子："余小姐，这位是我的好友，黎君槐，前几天刚从马拉维回来，酒吧的再次装修，他是设计师。"说完，朝黎君槐眨了眨眼，

"这位是《注徊》的大摄影师，余枳。"

黎君槐看了一眼余枳，似乎不明白魏宁安提这些做什么："跟我介绍这些做什么？"

"你不是说酒吧后面可能需要几幅照片，这是我帮你找的摄影师。"魏宁安说得有理有据，期间眼神是询问地看着余枳。

余枳不由得皱起眉，似乎在细想魏宁安话里的意思。黎君槐不是只是上关野生动物保护研究院的专家吗，怎么突然又变成了设计师？

"你还会设计？"余枳有些怀疑。

黎君槐难得没有无视她："学过一些。"

"你那叫学过一些吗？"魏宁安不服气地反驳，"要不是临时起意去干了别的，现在恐怕不知道多少人巴巴地邀你过去呢。"

余枳有些诧异，如果真的那么厉害的话，为什么会忽然转去研究那些，还真是个让人捉摸不透的人。

一直吃着西瓜的千嘉，似乎想到什么，忍不住问余枳："马拉维，那不是你刚回来的地方吗？"

"可马拉维也挺大的。"余枳没有明说，但话里的意思很明显，就是就算是一个地方也未必见过。

意识里，她并不想让人知道马拉维的那些事，三番五次陷入困境，三番五次让他救，这样的事，还是不说的好，免得千嘉担心。

黎君槐扫了她一眼，将她方才一闪而过的紧张也收入眼底，却也不打算拆穿。

这么果决地否定，倒是像她。

大概是担心再待下去可能要更多的谎言来弥补，余枳觉得还是先离开比较安全："没有什么事的话，我就先走了，魏先生有什么事，再让千嘉告诉我也可以。"

说完，她将桌上的笔记本电脑一捞，逃也似的离开。

这种时节的雨总是忽然一阵，来时的太阳都还来不及收进去，却又下起了雨来。

过来的时候，因为方便等下开走，所以车停在马路对面，现在手里抱的是电脑，更不可能贸然冲过去。

还不等她想到应该怎么过去，黎君槐也从里面出来了，轻轻瞥了一眼她。

"那个，我刚刚……"余枳想起刚才自己着急的否认，多少有些过意不去。

黎君槐皱着眉头看着眼前的雨，半晌才说了一句："我了解。"

余枳撇了撇嘴，"哦"了一声，咬着唇，不情不愿地开口："你的研究材料……"

"很好。"黎君槐这次倒是回答得很快。

这样，余枳也就只能闭嘴，虽然还想多嘴地加一句，希望他不要将马拉维的那些事情说出来，但是想了想，还是作罢。

她不擅长吐露心事，也不觉得过去的事情有拿出来说的必要，这样直接说，倒显得她觉得他是拿着别人事情乱说的人。

这雨一时半会儿停不了，里面再进去显然是不可能的，至于和黎君槐待在同一个屋檐下，她想了想，果断否定。

看着匆匆冲进雨里的纤细身影，黎君槐不由得皱起眉。

心情忽然变得有些糟糕，说不清原因，他只能归结为是因为余枳，毕竟遇到她，就没好事。

继家人很少过问行踪，哪怕余枳在外面一直待到吃饭才回去，林华也什么都没有说。

饭桌上一如往常，继明辉和林华不说话，就不会再有人主动开口，这样，连吃饭的动作都变得小心翼翼。

"小枳嫁进来也有些年头了吧。"继明辉没有直接问余枳，而是转头看向林华。

林华点着头："今年算下来正好三年。"

"三年，哦，都三年了。"继明辉像是在考虑着什么，点着头连说了两遍。

是吗，嫁进来已经三年了，好像晃一晃就过去了，这几年里，两人好到没有吵过一次架，当然也轮不到吵架的时候，连面都见不到几次的两个人，又怎么可能吵架呢。

只是，她挂着继家太太的名义原来都有三年了。

余枳埋着头，并不打算往下接话，琢磨着，魏宁安的事情应该怎么安排。

好不容易挨过这顿饭，大家各自分散地回了房间。

这就是继家的生活，早上见面打个招呼，吃饭时聊上几句，然后各自做自己事情，疏远且冷漠。

千嘉打电话过来，说要和魏宁安恩断义绝，余枳倒也不觉得奇怪，魏宁安这样的人，身边又怎么会少了红颜知己，要是轻易被她拿下，才奇怪呢。

魏宁安正好也打电话来，让她有空去一趟酒吧。她打算着，到时候过去，带上千嘉一起。

见朋友喜欢的男人，余枳很慎重，千嘉是她唯一贴心的朋友，她冒不了险。

不出意外，黎君槐果然在。

"魏先生，我想了想，有些事情还是要再说一下。"和上次相比，余枳这次倒是镇定很多，公事公办地和魏宁安说着此行的目的。

魏宁安难得亲自动手调了几杯鸡尾酒，却给了余枳一杯果汁："那是你先说，还是我先说？"

对于魏宁安的这一举动，余枳倒并不觉得有什么不妥。

"魏先生请讲。"接下果汁的她，打算先听听魏宁安有什么事。

魏宁安也不拐弯抹角："我要出去办事，便将事情都交给了君槐，关于照片的事情，余小姐以后可以直接和君槐联系。"

什么？！

余枳疑惑地看向魏宁安，见他不是在开玩笑后，转头看了看抿唇并不说话的黎君槐，眼里闪过一丝疑惑。

"我可以邮箱联系你的。"余枳坚持。

"我不喜欢麻烦，既然把酒吧的事情交他，你发给我，我还不是得再问他。"魏宁安笑着，似乎在想余枳为什么会这么抵触黎君槐。

"可是……"

魏宁安说得合情合理，让余枳根本找不到可以反驳的借口，只是和黎君槐接触，她还是有些抗拒。

见余枳已经松口，魏宁安也就不再解释，而是笑着将话题引到一开始："余小姐来是想说什么？"

余枳这才想起自己也还有事，于是将思索了几天的问题提出来。

"我在想，魏先生如果是想要用几幅色彩对比度高的照片来装饰，倒不如去上关的画廊转转，那里可能更适合魏先生要求，价格也比我便宜，但魏先生是想要照片，我有些不理解，其实这间酒吧，倒是有些作用。"

这是余枳这几天都在琢磨的，倒不是不愿意去找魏宁安需要的东西，只是从一个旁观者的角度来看，比起那些地方，用于酒吧，或许会是另一种感觉。

见魏宁安没有说话，余枳接着说："当然，这只是我的一些想法，魏先生要的照片，我也会去拍。"

不用多说，魏宁安明白余枳的意思，确实，这次将酒吧重新翻修确实有再次宣传的意思，也想重新打造一下酒吧，现在的人，讲究的是情调，至于里面的酒到底有多好，这不重要。

诸如此类，会衍生出很多打着特色酒吧的招牌，拉拢客源，至于酒里还有几分真假，就没有人在意了。

"余小姐的想法倒是可以跟他说说。"魏宁安指了指黎君槐。

没有直接拒绝，反倒算计着一旁的黎君槐，商人的本质啊，还真是谁都不放过。

余枳犹豫："那行吧。"

拿人钱财，替人做事，再不愿意，也只得吞回肚子。

既然是邀着千嘉一起过来，余枳也就没打算在这里久待，事情说完，也就没有留下来的理由。

魏宁安也不留着，更何况人家送了这么大的人情在这儿，总该是要有所表示的。

他看了看今天坐在自己旁边还在生着闷气的千嘉，也不知道自己哪里得罪她了。

"舍得过来了？"

千嘉白了他一眼："我想来就来。"说着作势起身离开。

"坐下！"眼见着她打算离开，魏宁安眼疾手快地拉住，声音一改平时的散漫，多了几分严肃，"我让你走了吗？"

对于这个小丫头，他说不上来是什么感觉，只是这几天少了她在这里乱窜，有些不习惯。

黎君槐等他们折腾完，才慢悠悠地开口："你叫我过来就是为了说这个？"

中午接到电话，黎君槐就从研究院赶过来了，还以为有什么事情，结果只是甩给了自己一堆烂摊子，这事倒是像魏宁安做得出来的，只是他好像还没答应帮忙吧。

魏宁安笑了笑："现在说晚吗？"

从小到大，魏宁安就是这个样子，需要他的时候，绝对不会含糊半点，而却总有千百个理由让他答应，就像现在。

"法国一个酒庄最近有个酒会，我必须要过去看看，别的事情我都安排妥当了，你只要把设计做好，别的事情看上一眼就行，不会太麻烦你的，好不好？"

一个大男人，在还有女人的情况下撒娇，恐怕也只有魏宁安做得出来。

"没别的事我先走了。"黎君槐觉得自己在这里的意义恐怕也不大，何况他下午还有事情要做，更不想在这里当电灯泡。

"方便一起吃个饭吗？"

余枳正准备上车，却被一旁的黎君槐叫住，她疑惑地转过头，没有问为什么，直接答应。

一直到坐在饭桌上，所有的一切事情都做完，余枳这才说道："有事就直接说吧。"

"我记得《注徊》的年薪，在整个上关市都算高的，何况你还是首席摄影师。"黎君槐毫不委婉地直接开口。

余枳轻笑一声："所以你想问我为什么还要出来接外单？"她脸色忽然一变，直直地看着黎君槐，"你放心，虽然是外单，我也会尽心尽职的。"

黎君槐张了张嘴，还想说什么，最终还是什么都没有问，听魏宁安说，好像是因为她急需要钱，可她，像是缺钱的人吗？

02

余枳只是《注徊》的摄影师，大可不必在杂志社坐班，但她还是坚持将工作放在办公室。

关于这一点，孔之休倒是没有意见，甚至在余枳出差的时候，每天安排人打扫。

这天上班，她前脚刚进办公室，孔之休后脚就跟了进来。

"有事吗？主编。"

"是有点事，最近这一期的杂志正好主题围绕我们省，而我又想开个专题，关于野生动物的，秦院长力举你过去拍摄，你准备准备。"

　　既然是秦院长开的口，余枳自然也没办法拒绝："那行，等下将时间发给我，我提前准备一下。"

　　孔之休却好半天没有往下接话，也不离开，手指有节奏地敲着手中的水杯，眼神专注地盯着余枳："你最近是不是遇到什么难事？"

　　嗯？余枳心里一怔，泛起一阵疑惑。

　　倒也算不了难事，家事倒说得过去，不过这事他怎么会知道。

　　"不算，能够处理。"余枳微微一笑，一句话，便把孔之休放在了局外。

　　孔之休若有所思地点了点头，还是忍不住叮嘱："真有什么困难，和我说说也没关系，我们虽然是同事，也是朋友。"

　　"谢谢大主编。"

　　余枳笑着，她认为，有些事情，就算是朋友，如果对方不能解决，那就没有必要说。

　　她也并不想刻意麻烦孔之休，他毕竟是她上司，她并不觉得两人需要走多近的关系，有些麻烦，最好一点都不要有。

　　如此，孔之休就算藏着一肚子的话，也不能再说出来。随意地聊了几句，也不打扰余枳工作，转身离开。

本来还想说，趁着刚从马拉维回来，应该会闲段时间，却没想到这么快就安排了新任务下来，倒是有点反孔之休平常的安排。

左右想着，还是应该告诉一下黎君槐，毕竟现在魏宁安那边的事情归他管，间接来算，他们勉强算是工作伙伴。

电话是魏宁安给的，他前几天已经出发去了法国，就连千嘉也不知道用了什么理由说服千阿姨放她跟着一块过去。

这样看来，千嘉恐怕是动真格的。

"那个，我这边临时有别的事情要忙。"

"哦。"黎君槐好像很忙的样子，说完什么也不问，直接挂了电话。

"哦"是什么意思？

余枳愣怔地看着被挂断的手机，郁闷地再打了过去。

"那酒吧的照片可能要推迟些才能给你。"

"嗯。"说完，他又挂了电话。

余枳不死心地再打过去："那你最迟多久要？"

"不急。"黎君槐显然有些不耐烦，大概是怕余枳再打过来，遂不耐烦地加了一句，"你还有问题吗？"

余枳被唬得一愣，想了想，说了两个字："再见！"

还真是被黎君槐气得没有脾气了，要知道会是这样，她就应该一句话都不说，直接走人，让他后面找不到人。

孔之休那边的事情，很快便安排了下来，这倒也在余枳的预料之内，毕竟孔之休做事向来不拖拉。

这次的原因好像是因为研究院那边正好得了些成绩，秦院长和《注徊》这边有些来往，好几次《注徊》上面的照片，都是在研究院治理的林区湖区拍摄的。

余枳和林华说了要出差的事情，林华脸上明显地写着不高兴，可到底还是没有拦着，倒是啰唆了一句，注意安全。

倒是继许，难得回来一次，看见余枳放在门口的行李，忍不住多问："又要出去？"

余枳被问得一愣，以前继许可从来不会问这些的，半晌才点了点头："嗯。"

继许像是要说什么，最终却不过是转身去了一旁的客房。

两人之间很少会问彼此的行程，有时候继许出差，她都是等他回来之后才知道。

刚结婚那会儿，余枳还会告诉他自己去哪儿，后来次数多了，见继许好像也并不关心，她也就懒得说了。

继许这人向来自律，任何花边新闻和他都沾不上关系，大概是这样，所以连带着也相信她吧，又或许是真的并不在乎。

　　正好一行的几个人都住在关大附近，余枳离关大也不远，就将集合地点定在了关大。

　　让余枳没有想到的是，黎君槐也在，对于她的出现倒是没有表现出什么诧异，大概是早就知道，想起几天前的那个电话，不由得气从中来。

　　去的人并不多，研究院给大家安排了两辆车，车并不算少，但是好些机器倒是占据了几个位置，看了看才发现，只有黎君槐身边空着一个位置。

　　李召也在。黎君槐因为腿上的伤提前回来，李召倒是在那边将所有的资料全都整理完毕，才回来的。见到余枳，李召立即扬着手打招呼："余摄影，没想到这么快又见到了。"

　　快吗，好像也过去将近一个月，不过对于各自都有事情忙的人来说，倒也算快的。

　　"你晒黑了。"余枳毫不留情地打击，和李召也算相识，倒也能够开几个玩笑。

　　李召脸一板，郁闷地说："你怎么和黎前辈一样，就会打击我。"

　　余枳下意识地看了看身边的黎君槐，虽然还是埋着头看着资料，但皱起的眉头，还是能看出受了他们影响，不知怎的，有一丝的窃喜。

她说："我可比不上他，他说话比我有技巧。"

"黎前辈那不叫有技巧，应该叫毫无技巧。"李召跟着黎君槐久了，倒也不怕他，自然也就什么都敢说。

黎君槐看了一眼余枳，一脸不耐烦："你们要是叙旧，麻烦去前面那辆车。"

余枳当然不敢跟黎君槐对着干，只得闷闷地做了个鬼脸，不甘不愿地闭上嘴。

目的地离上关市区有段距离，是上关市底下县城的林区。被黎君槐禁言，余枳没有熬多久，便歪着头睡着了，毫无意识的头，被车子几经颠簸，直接枕在了黎君槐的肩上。

黎君槐正看着手上的资料，肩上忽然一沉，拿着资料的手一抖，转头就看见那张近得过分的脸，本能地想要推开。可已经伸出的手却在最后顿了顿，收了回来。

他其实早就知道余枳在这次同行的队伍中，秦院长和杂志社的合作早在半年前就已经提上日程，当时他在国外，倒也从李召那里听说了一些。

近年来，大家对于环境保护的意识渐渐地提高起来，对于他们这些野生动物保护专家来说，算是一件喜事。

在这种时候，和《注徊》这样的杂志合作，来宣传这方面的知识，情理之中，秦院长和他说同行的还会加一个摄影师的时候，他没有任何反驳。

在马拉维的时候，他们认识过，也见过余枳照顾保护区一些受伤的动物，看过余枳的拍摄，算是了解，相比较与其他不认识的，和余枳一块工作，倒是少些磨合。

李召怎么都想不到，一转头会看到这么一幕，睡得迷糊的余枳枕着黎君槐的肩膀，而后者却像是什么都没发生似的，照旧看着手上的资料。

不知道出于什么心理，居然觉得这一幕有几分赏心悦目。

黎君槐正看资料看得入神，当然没有注意到李召心里的那些弯弯绕绕。一直到目的地，余枳因为车子猛地一停而醒过来，发现自己枕在黎君槐的肩上，吓了一跳。

本来就已经发麻的肩膀，被余枳这么大的动作弄得更疼，黎君槐眉毛下意识地一皱，什么也没说地走下车。

余枳看着李召似笑非笑的表情，面色凝重："我不会那么睡了一路吧？"

李召意味深长地笑着点头："不然你以为呢。"

余枳看着黎君槐站在不远处的身影，心脏不知出于什么缘由有些紧张，黎君槐居然让她这么枕了一路。

03

简单地收拾了一下，天色便暗了下来，林区的守林人给他们做了一大桌子吃的，说那些东西都是自己养的。

黎君槐在这个过程中，没有多言，只是在饭后问了近段时间林区的一些情况。

听到守林人说前段时间，林区北边有几个偷盗者，虽然及时发现，倒也损失了几棵大树，北边那边有处水库，那边的动物也就多些，现在被这么一闹，黎君槐有些隐隐的担忧。

次日一早，黎君槐便率先带着人去北边。

被无视的感觉还真不好受，眼见着黎君槐就要走了，余枳忍不住喊道："那我呢，我去哪儿？"

黎君槐好像现在才意识到这次同行的队伍里还多了一位摄影师，想了想："你就跟着李召吧。"

原以为李召应该会同意的，却没想到李召为难地看着黎君槐："让她跟着我，我那边可还得自己找路呢？还是你那边比较好。"

这是事实，毕竟念及他腿上有旧伤，其他人几乎都自觉地揽去难走的路线，留给他的确实好走些，本来只是不想自己身边带个麻烦，现在看来……

黎君槐不再反驳，算是默许了这个决定。

和上次在马拉维的仓促相比，余枳要显得专业得多，也不说话，就那么跟在黎君槐身后，忙着自己的事情。

这片林区，算得上有些历史，里面一些年长的树，都长到了两人合抱的大小，里面的野生动物自然也不少，潺潺的溪水从林里穿过，从进来开始，余枳就被这里吸引了。

黎君槐他们走在前头，因为太过专注的原因，也就没有空隙管跟在身后的余枳，加上余枳又不说话，也就更加让人容易忽略她。

等他们记起来回过头来的时候，身后哪里还有余枳的身影。

"还有人呢？"黎君槐率先发现余枳没有跟上来。

同行的同事朝四周望了望，平时也就是两个人搭档，自然忘记了身后还有跟着一个摄影师，忽然紧张起来："好像没有跟上来，要不我们倒回去找找？"

黎君槐烦躁地爆了句粗口，掏出手机给余枳打电话——不在服务区内。

"你把后面的那些地方看一遍，我回去找人。"将手上的资料推到那人手上，黎君槐片刻不停地往回走。

这片林区虽然没有什么毒蛇猛兽，可想到余枳对这边并不熟悉，毫无方向地在里面瞎闯，还不知道拐到哪儿去，想到这儿，黎君槐不禁加快了脚上的步伐。

真是个麻烦精。

另一边的余枳，不过是被一处景色吸引，多拍了几张照，再回头的时候，就只留下了她一个人，喊了几声没有回应，只得快步跟上，却不想拐到了另一条路。

走了好远，发现路越来越难走，才觉得情况不对，却不想还崴到脚。

要说这林区的路，就算再好走，也不过是偶尔有人走一两回，能好到哪儿去，再回头时，哪里还分得清该往哪边走。

她这才想起手机，却发现根本没有半点信号，纠结了会儿，只得忍着脚上的伤往回走。

虽然明知道，应该在原地等着他们找过来，可……余枳看了看四周，这里除了树就是树，他们要是这么找过来，还不知道找到什么时候呢。

可越是焦急，越容易坏事，这不，余枳脚上一个不注意，踩空了，直接往旁边滑下去，幸好旁边有树挡着，否则还不知道会滑到哪个底下去。

就算是以前自己一个人去拍摄，也从来没有这样过，她狼狈地攀爬着，好不容易爬上去，崴到的那只脚已经肿得老高，稍微碰一下都疼。

余枳想，还真是并不怎么样的一天，不知道他们有没有发现她不见了，发现了会不会火气很大地觉得她又给他惹麻烦了……

山里的寒气本来就重，天一黑下来，就更别说了，眼看着好像又要下雨，却还没有一个人找到她。

本来已经打算停在那儿等他们找来的余枳，想了想，也顾不得脚上的伤，赶紧起身离开。

黎君槐还没有见过余枳这样，她猛地扑到他怀里，什么也不说，就开始闷闷地哭。

想起方才，她脸上的紧张害怕，在知道是他的那一刻，变成喜悦，随即像是要抓住什么似的冲进他怀里，嘴里嘟囔着："你怎么现在才找过来？"

他的心像被什么东西猛地一撞，开始异样地跳动着，不是没有见过余枳哭，只是他好像有些隐隐心疼。

那些几乎脱口而出的教训，在这个时候，只变成了一句"没事的"。

他轻轻地拍着余枳的后背，一直等着她平静下来，他没有错过她手上的泥土，裤子上因为滑倒才会有的痕迹，全身上下，最好的应该只剩下胸前的那台相机了。

一直到她稍稍平静下来，黎君槐才开口："哭哭就得了，再这么下去，我们可能就要在这里过夜了。"

闻言，余枳赶紧松开黎君槐，看着他胸前被自己弄脏的地方，怯怯地埋着头，生怕黎君槐骂她。

"抱歉。"

"跟着走都能跟丢，你说你……"黎君槐本来打算多说几句，可眼见着余枳又要哭，赶紧打住，"好好好，不说你了，赶紧走吧。"

余枳看着黎君槐半蹲下身子，不解地皱起眉头。

"难道你脚还能自己走回去？"

原来他注意到了，余枳心间一暖，却依旧迟迟没有动作，就算他俩勉强算是朋友，可到底还是不合适。

"那个……我还是自己走吧。"

"啰唆！"黎君槐并没有多少的耐心，伸手将她脖子上的相机拿过来，直接背起她。

担心摔着，余枳只得环住黎君槐的脖子，嘴上却还是没有松懈："黎君槐，我自己可以走的。"

黎君槐伸手碰了碰她受伤的脚踝，她疼得倒吸了口凉气。

"这样，还逞能？"黎君槐却是放缓脚步，"再说话，我就直接把你扔在这儿，还嫌惹的事情不够多？"

余枳只得闭嘴，黎君槐这个人，她向来摸不透，脾气是说来就来。

"黎君槐，你是怎么找过来的啊？"

大概是觉得两人这样，气氛太过尴尬，余枳纠结了半天，终于忍不住开口，这还是她第一次和一个男人如此亲密，就算是继许，和她，都从未有过。

"顺着路上的痕迹，不难找。"

想起前几天的电话，余枳忍不住问："你是不是一开始就知道我会来林区？"

"秦院长提过。"黎君槐没有否认。

余枳不满地撇了撇嘴，却又问道："一直想问，你是怎么做起野生动物保护的？"

"责任。"

余枳听得半懂不懂："魏宁安不是说你是学设计的吗？"

"很久以前。"

"那后来呢？"

"后来没读完，就重新考了警校，再后来发生了点事，正好碰到秦院长。"

"和你的腿伤有关？"余枳几乎立即联想到他的腿伤。

黎君槐并不想和她谈这些，干脆直接中断谈话："这么有精神，就下来自己走。"

余枳只得再次闭嘴，闷闷地趴在黎君槐背上，举着手机，算是照明。

哪怕黎君槐已经走得很快了，却还是没有躲过那场早有预兆的雨，两人回到木屋的时候，身上已经湿透。

一行人全在外面等着，见他们回来，才算是把悬着的心给放下。

黎君槐难得没有再说过余枳，甚至在后面两天，念在余枳脚伤，拿过她的相机，帮忙拍了些照片回来。

04

结束了这边的事情回去，已经是一个星期之后，余枳的脚在第三天消肿之后，继续跟着他们工作，倒也没耽误事情。

一行人是晚上到的上关，本来说要各自将女生送回去，只是余枳却态度强硬，硬是没让他们送，自己打了个车回去。

她并不想让大家知道他是继家太太的身份，这并不是什么好值得张扬的事情。

一进门，她就看见继管家迎出来，接过她手上的行李，顺便说了一句："先生在等你。"

继许等她？从嫁进来开始，从来都是她等他，所以继管家说完，余枳就下意识地一紧张。

"我这两天在出差。"知道继许并不想知道这些，但余枳还是兀自解释。

继许闷不作声地打量着她，似乎有什么话要说，最后却只说了句："下周二的时间空出来。"

例行通知的语气，没有问候，没有解释，甚至没有问她有没有时间。

他们之间，就真的只能说这些吗？都是自己的事情，动不动就需要出差，一个月能够聚在一起的机会一只手都能数得过来，却依旧疏远至此。

"好。"她没有拒绝，当然，根本不能拒绝。

得到回答，继许就直接上了楼，连句再见都没有说。

他们这样，真不相信，当初居然是两个人心甘情愿结婚，如今在外人听来还很恩爱的两人。

直到当天，余枳才知道，当天晚上，继氏有一个慈善晚会，作为上关市的大公司，继氏一直很注重外界的关注，每次都会资助几个项目。

继氏的事情，余枳从来不插手，结婚三年来，知道余枳不喜欢这样的场合，继许也从不强求她参加，甚至连理由都替她想好，这次倒是奇怪，居然亲自通知。

不过即便如此，也没让余枳怎么操心，衣服是继许命人准备的，请了造型师过来，甚至还是他亲自过来接的。

哪怕满肚子疑问，余枳还是什么都没有问，她并不想把本就已经如履薄冰的关系，变得危机重重，何况继许做事，不管是问不问，都不会改变。

听说他已经让余柯回公司上班了，不知道是对余柯的信任，还是试探，总之并没有按照余枳的话，给余柯换岗位。

既然他没有意见，那她也就没有什么好说的。

在继许牵起她的手，放在他的臂弯时，余枳本能地想将手抽回，从未有过的亲密，陌生得让她紧张。

继许的手像是看似亲密地盖着她的手，但是余枳知道，他不过是怕她抽回手罢了，看吧，在她适应下来之后，他便迅速地将手收了回去。

今晚来的那些人里，除却继许的几个朋友，余枳都不认识，看到这样的场景免不了心里一紧。

这样余枳免不了有些紧张，现在的她代表的是继许，是整个继氏，虽然早在嫁过来的时候，就有过预料，可松懈了这么久，突然怎么可能适应。

"我现在还可以后悔吗？"她有些后悔当初答应得那么爽快。

"身为继家太太，早晚都要适应这些。"继许安慰性拍了拍她挽在他胳膊上的手。

余枳今天穿着一件露肩礼服，和继许身上的那件西装很配，可到底是晚上，还是有些凉意，被继许这样一握，突然出现的温热，让她一惊。

他这么说，是在告诉她，她必须要适应继家太太这个身份，也要担任起继家太太的责任，还是说他对她的纵容到头了，又或者，这就是让余柯回公司的另一个要求。

这里的继许，她感到陌生，能言善辩，周旋在那些或者攀交情，或是刻意刁难的世界里，好像已经习以为常。

注意到黎君槐在的时候，晚会已经进行了一半，余枳一直跟在继许身边和各种人打着招呼，并不是一件轻松事。

今天的他，穿着整齐的西装，看上去成熟而又稳重，当然，他并不年轻，她没有记错的话，李召说过，黎君槐今年已经三十二了。

明明站在继许身边应该是一件再平常不过的事，可是在黎君槐目光看过来的时候，余枳竟然有一丝的慌张，好像是做了某件错事，被大人抓到，焦急地想躲起来。

当然，继许好像也注意到了他。

"没想到黎专家能赏我这个面子。"继许走到黎君槐面前，举起手上的酒杯，打着招呼。

"分内之事。"黎君槐不卑不亢地和继许碰了碰杯，似乎完全没有多看他身边的余枳一眼。

潜意识里，她并不想让黎君槐将她和继许联系在一起，趁着继许和黎君槐聊天的空当，她随意寻了个说辞离开。

看来还是没办法适应这个身份，不然也不会在有认识的人出现的时候，会那么不自在，在心里，她到底并不觉得自己是继太太。

当初千嘉就曾问过，明明不喜欢继许，为什么非要嫁进继家。

她不知道怎么解释，因为继家和余家的关系，因为这是她当时能够最快逃离余家的方法，又或者，是余庆说，继许是个好孩子。

总之，她就这么稀里糊涂，却又心如明镜地嫁了过来。

"你结婚了？"

正在她想得入神的时候，身边忽然冒出这样一句话，余枳被吓了一跳，转过头时，看见黎君槐已经在她身边的椅子坐下。

这里算是整个大厅最偏的位置，甚至连灯都照不到多少，是个好将自己藏起来的地方。

"这好像不是一件非要拿出来到处宣传的事。"余枳稍稍镇定后，不咸不淡地答。

不是非要拿出来，黎君槐半眯着眼，揣测着她这句话的深意，别人恨不得巴巴往上赶的身份，她真的毫不在意？

早听说今天继许会带着自己的太太出席，只是没有想到竟然是余枳。

她到底是毫不在意，还是别有原因，从马拉维的溺水，到今天说出这句话，她像是藏着很多事情，不让任何人知道，也从不打算说出来。

可就是这样的秘密越多，反倒让他更想弄明白。

在进门时，他一眼就看见站在继许身边，笑着和别人打着招呼的她，刻意且不娴熟，完全不适从，却拼命融合的样子，弄得他心像是被什么扎了一下，微小的刺痛，却弄得全身不舒爽。

他觉得此刻的自己有些陌生，也是，她并不比别人差，这个年纪结婚，也在情理之中，可心里却有种隐隐的失落。

他也不知道自己这样是源于什么，很久没有触动过的心，像是泛起不可预见的波澜。

刚才见面时，余枳脸上一闪而过的紧张，他没有错过。

他忽然明白她为什么要隐瞒马拉维的事，也是，如果真让人知道，继家的太太，出差差点葬身异地，还不知道记者会写成什么样子。

只是不知道为什么，在知道她已经是别人妻子的时候，他好像有那么一丝的遗憾。

见他一直没有说话，余枳有些过意不去，毕竟隐瞒了这么久。

"是不是觉得很意外，我也这么觉得。"余枳自嘲，"你看我哪里有半点继家太太的样子。"

"继家太太，该是什么样子？"黎君槐淡淡地抿了一口酒，意味深长地看着不远处的继许。

余枳果真凝眉想了想："反正不是我这样，端庄大方也好，美艳动人也好，都轮不到我。"

"还真有自知之明。"

"李召没来吧，这事你可千万不要传出去，我并不想太多人知道。"

"嗯，他在加班。"

看着黎君槐离开，余枳舒了口气，或许真的是黎君槐救过她几次的原因，刚才一时间不知不觉地就说多了。

和继家的事情，她连和千嘉都很少提，不想千嘉多心，同时也是尊重继许，那是他们夫妻的事情，弄得尽人皆知，对谁都不好。

这边黎君槐刚走，却又迎来了另一个人，继许朋友的未婚妻，也算是认识继许很多年的人，余枳见过几次，总觉得她对自己说不上亲近，倒也不算敌对。

"你居然会来参加这种晚会。"

"难不成看着继许带着别的女伴过来？"余枳淡淡地笑着，喝了一口果汁。

那人也不在意："你应该知道，你不来，他出席活动从来不带女伴吧。"

是啊，继许从来不带女伴，这是整个圈子都知道的事，自从和她结婚之后，继许参加任何活动从来不带女伴，却也从来没让她来。

余枳无所谓地笑笑，知道对方不会真的为难她，继许的朋友，对她总是客客气气。

"明明和桑云的性格天差地别，却总是给人一些错觉，也不知道继许是怎么想的。"那人不满地嘀咕了一声，大概是意识到自己说错话，赶紧找了个理由离开。

桑云？

对啊，她怎么忘记了还有这么一号人，长得娇艳欲滴，让人忍不住会去心疼，如果她还在的话，继家太太怕是怎么也轮不到她吧。

那是在继许心里占着千万斤分量的人，那是让继许整整颓废了一年的人，同时也定格在了最美的年华，成为继许心里无人可以消减的重量。

这样的人，就算是费尽心力好好做继太太，也是无法战胜的。

她于继许，是无人可以触摸，无人可以窥探的，深埋心底，无人取代。

余枳看了看明明整个晚会都带着笑的继许，却在晚会结束之后，沉着脸一句话都没有说，心里多少也猜到了一点。

可她也没打算询问，她没有往枪口上撞的习惯，也并不觉得两人现在的情况需要嘘寒问暖。

　　周婶说得对，她对继许太不上心，可他们之间真的只是一个人多费点心就能够化干戈的吗？不可能，她就算是竭力地讨好，于继许也没有用。

　　先不说继许根本不需要，何况，继许似乎并不想看见她，若不是隐藏得好，她有时候都会觉得两人好像有什么深仇大恨。

　　"你和黎君槐很熟。"他用的陈述句，也就是说，心里早就有了判断，只不过是说出来给她听，只是眼神却又像是在询问。

　　很熟？应该是的吧，三番五次救过她的命，怎么能不熟呢。

　　"工作的时候，遇到过几次。"余枳并不想解释太清楚。

　　"就只有这些？"

　　继许有些抓着不放的意思，这让余枳有些郁闷，他从来不打听她私下的交友圈，只是今天，好像问得有些多了。

　　"不然呢？"余枳有些生气。

　　"你的脚伤，应该已经痊愈了吧。"说完，继许已经将脸转到一边，并不想继续这个话题，可这已经足够让余枳想到全部。

　　难怪会特意叫她参加一场并不重要的晚会，难怪黎君槐也在受邀之列，难怪……原来一切都是别有用心。

　　还记得他来接她时说了一句，很漂亮，当时她还真的有些感动，现在看来——真是笑话！

"继许，你到底什么意思？"

"只是让你记住自己的身份。"

后面的一段路，两人没有再说过一句话，继许大概是不想多说，至于余枳，她在想别的事情。

继许将她送回继家之后，让司机将他送回了公司附近的公寓，本来以为是应该要面对关于继家的一切，现在看来，不过是继许在提醒她不要和黎君槐走得近，忘了自己身份。

对啊，顶着继家太太的身份，就算什么都不做，却还是要注意形象。

余枳躺在床上，厚重的窗帘，将外面的灯光全部隔绝，黑暗的四周，竟让她觉得凄凉。

他们之间，还真是经不起任何风浪。

第四章

| 得之我幸，失之我命 |

一颗本就不炙热的心，要怎么面对无数
次辗转空荡的房间、冰冷漠然的疏离

01

有些事情，一旦发生裂缝，那么接下来的决堤，都不过是或早
或晚。

那天晚上之后，继许也没有揪着这件事情不放，当然，他那么忙，
估计也没有空来管这些事情。

林华最近好像找到了新的事情可做，周婶悄悄告诉她，好像是
去庙里祈福。余枳向来不信这些，也就没有多问。

只是当林华和她说，让她慢慢将手上的事情减少些时，才知道，

林华是去庙里忙着求子。

想想，毕竟她已经嫁过来三年，这种事情提上日程也不算太早，只是，她和继许真的有必要这么着急吗？

先不说两人都很忙，何况，他们之间好像还有好多事情，是一时半会儿没有办法解决的。

"妈，这个事情，你问过继许吗？"余枳将事情往继许身上推。她清楚，继许不可能答应林华的建议，一个连离婚协议都准备好的人，怎么可能在这种时候，给自己留下麻烦。

何况，他们要是真在这种情况下，有了孩子，对那个孩子，又真的是负责吗？

林华知道余枳说的是什么问题，却还是有些不高兴："问小许，他肯定又会说不着急。你也知道小许心里还放不下桑云，可你这妻子总得主动些吧。"

主动吗？在明知道他心里还有别的女人的情况下，让她怎么主动，她又该怎么主动？

跟一个已经去世的人去抢吗？那个人占据了继许大学以前的所有时光，她又怎么能抢得过？何况这样的争抢，于她有何意义？

"妈，你让我怎么主动？"到底不想和林华的关系闹得太僵，余枳也只能无奈地反问。

知道这件事情继许也有不对的地方，林华到底还是要在媳妇面前留点颜面，只得忍不住嘀咕："早就让你去继氏工作，你也不去，这天天往外面跑，能有变化吗？"

余枳没有往下接话，还多亏了这往外跑的工作，如果真的在继氏工作，要她天天面对着一个念着别人的人，却没有任何办法，想想还是算了。

继许心里但凡有一点点她，就不会三年来一点变化都没有。

林区的照片拍回来，余枳简单地筛选了一些发给孔之休，在等着他返回来的过程中，余枳着手准备手上的稿子。

她去过林区，写一两篇介绍，本来也算是工作范围之内，倒也没有推辞的理由。

孔之休临时还安排了一个任务，让她去给秦院长送照片的时候，顺便找黎君槐约两篇稿子。

"我们这边没有黎专家的联系方式，编辑和他也不熟，你正好过去，就顺便。"孔之休说得倒也算是合情合理。

只是，想到让他浪费时间来写几篇无关痛痒的稿子，余枳觉得，他可能更喜欢在研究院陪着那一群不会说话的动物吧。

不过孔之休说的事情，她倒是没有办法拒绝。

余枳犹豫再三，还是答应了下来。

秦院长退休接任研究院院长之后，一直就住在郊区的研究院，黎君槐好像也住在郊区，想到郊区和杂志社的距离，她就觉得头疼。

她的车这几天正好送去保养，上下班都是继家的司机送的，只是让秦院长等着，总归过意不去。

犹豫再三，余枳决定还是先打车去一趟研究院，到时候再想别的办法回来就行。

一到那儿，余枳就被告知黎君槐今天有事出去了，不知道什么时候才回来，不过本来秦院长那边也有事情，倒也不算白跑一趟。

秦院长和余枳的摄影老师是朋友，也见过余枳几次，对她印象也还不错，不然上次去林区的事情，也不会指名道姓要余枳。

这不，她一过来，秦院长立即将藏了好久的好茶拿出来给她泡上。

"秦伯，以前怎么没发现你对我这么客气呢。"余枳接过茶打着趣，知道秦院长这是为了那几张照片，不过她恐怕也没那个胆要研究院的钱，她可不想被老教授教育。

秦院长那么精明的一个人，怎么听不出余枳话里的意思，立即装模作样地板着脸："大半年的不来看我，我这不得把你哄着啊。"

"我这不是来了嘛。"余枳不好意思地笑了笑，将早就准备好的照片递给秦院长，"这是你要的照片，我简单地处理过，如果觉得不好，选好的告诉我，我重新弄一下。"

秦院长接过 U 盘，满意地放在抽屉里，像是害怕余枳等下反悔似的，然后笑嘻嘻地说："陪我在研究院转转吧。"

"这个……秦伯……"余枳讨好地笑着，"我今天没开车过来。"意思就是还需要赶公交车。

余枳每次过来秦院长必然要拉着她在整个研究院转上一圈，余枳倒也不是不情愿，只是这转上一圈，回去的公交车恐怕就停了吧。

"那好解决，我到时候找个人送你回市里。"

都这样说了，余枳还能怎么推辞，只得在喝完茶后，陪着秦院长听他说着研究院最近的一些成果，接下来会有怎么样的计划。

秦院长对于这项事业，向来喜爱，不然也不会已经退休，还要接下这个院长，像她老师，除了偶尔应邀去关大上两节课，什么事情都不管，闲得发慌。

余枳来过这里几次，却还是认真地在一旁听着秦院长介绍，走了一圈。李召没有打电话告诉她黎君槐的消息，余枳又发现还有公交车回城，就想不要人送，不想那人已经等在门外。

"怎么是你？"

发现那人是黎君槐的时候，余枳免不了有些惊讶，本来想找的人，居然自己出现了。

黎君槐指了指旁边的座位，示意她快点，简单解释："刚回来，走吧。"

坐在黎君槐车上，余枳就在心里想着，应该怎么样说写稿子的那件事会比较自然，至少不让他一下就拒绝，毕竟是孔之休交代下来的任务。

"有事就说。"最后还是黎君槐先开的口。

余枳被问得一惊，好奇地看过去："我表现得很明显？"

"我当过警察。"

余枳悻悻地撇了撇嘴，却还是不知道怎么说，有意无意地摆弄着手提包的带子，最终痛下决心："我们主编想让你帮我们写两篇文章。"

黎君槐转头看了眼她，半晌没有说话，就在余枳以为没有希望的时候，才听他说了一个"嗯"字。

这就答应了？余枳有些不敢相信，忍不住问："你最近很闲？"

"你什么时候见我闲过？"黎君槐没好气地反问。

余枳想想也是，今天听着秦院长介绍了那么久，自然也知道一些情况，那她就有些不明白了，既然很忙，为什么还要答应呢？

没想明白，余枳也不强求，说道："那我回去将孔主编的要求发给你。"

黎君槐没有回答，余枳倒也不介意，既然他已经答应，那剩下的那些就都不算事了。

本来想让黎君槐将她送到市区就自己打车回去的，后来想想黎君槐已经知道她和继家的关系，也没有故意矫情地做那些事，何况黎君槐也没有提前停车的打算。

到了之后，余枳礼貌地和黎君槐道别，没想到，一下车就看见站在继家门口的继许，那黎君槐的车，他应该也看到了。

"你怎么会从他车上下来？"果然，一走过去，就听见继许问她。

"去研究院找秦院长，黎君槐只是顺便送我回来。"她说。

继许上下打量了一下他，像是确定她话里的真假，最终不过是一甩手，转身朝里面走去。

余枳凝眉看着继许的背影，不知道为什么，自上次晚会之后，她总觉得继许好像对她的事情很关心。

这样的关心，却让余枳清楚地意识到，继许已经误会了她和黎君槐的关系。

她应该解释吗？

可她应该怎么解释，就算她解释，他又会愿意听吗？

02

黎君槐主动找她，倒还真是让余枳有些意外，不过黎君槐说是因为酒吧的事情，也说得过去，毕竟这件事情已经拖了将近个把月，再不做，魏宁安估计都要疯了。

只不过在这件事里，她好像也没有那么重要，应该不至于让黎君槐放下手上的事情亲自过来找吧。

"你就不怕我出差去了？"余枳看了眼他面前那杯已经喝完的茶水，估算着他过来的时间。

黎君槐打电话的时候，孔之休正好和他们开会，关于《注徊》下一期的主题，而她根本没有带手机过去。

等回到办公室看见未接来电，这才回过去，没想到他居然还在等着，只得匆匆忙忙地跑过来。

"你接收了我的稿子。"黎君槐解释。

"啊？"余枳被说得一蒙。

半晌才想起来，她上午的时候，接收过他发过来的稿子给了孔之休，不过他就单凭这个断定她在杂志社？

"你拍照的时候白天不会在电脑前。"

对啊，她出差基本上全在拍照，又怎么会有时间来接收文件，只是她没想到，连和她结婚三年的继许都不知道的事情，他会注意到。

正好是中午时间，两人简单地点了点东西，趁着上菜的空当，黎君槐说了下这次的来意。

"我来和你说一下魏宁安酒吧的事情……"

他将自己的要求说了一下，那些照片是用作二楼包厢用的，倒没必要迎合底下的一些装饰，也就没有做太多的要求，说是按照她平时的风格就行，不过他想请余枳在酒吧重新装修之后，再拍些照片。

想来也不是什么麻烦事情，她也就答应下来："如果魏宁安同意的话，到时候装修好之后，你直接告诉我时间就行。"

黎君槐表示同意："钱的问题，到时候会另算。"

"我看起来很缺钱？"余枳有些不喜欢和黎君槐谈论钱的问题。

黎君槐笃定地看着她："你需要钱。"

没错，她是需要钱，不然也不会闲来没事接下魏宁安那边的单子，她需要尽快还钱给继许，她不想欠着继许，不想欠着继家。

因为菜已经陆续上来，两人也就没有顺着这个话题往下说，适可而止的问询是对彼此的尊重。

因为杂志社的要求，余枳要去新疆出差十来天，和林华说起，免不了被埋怨了几句，余枳能够理解，也就没去计较。

只是在拍到一半的时候，因为千嘉的一个电话，她突然变得有些烦躁。

"余枳，我听说继许让黎君槐暂时退出研究院的最新项目，是怎么回事？"

余枳微皱起眉头，想着千嘉说的是什么事："你说清楚一点。"

千嘉也不过是从魏宁安那里听到了一些，具体情况也不是很清楚，只得将听到的全部同余枳说："继氏今年不是赞助了研究院嘛，一开始不过是给黎君槐出了点难题，后来听说两人闹得不愉快，然后继许就说让黎君槐退出项目，黎君槐刚从国外回来，本来秦院长是打算让他负责新项目的，现在好像是不想让秦院长为难，黎君槐打算主动退出项目。"

想起前段时间黎君槐好像很忙的样子，又想起前几天他忽然有空，过来找她谈酒吧的事情，难道这个都和继许有关？

余枳有些犯疑，她不相信继许不顾继氏名义做出这样的事情来，可是想到继许还在误会她和黎君槐之间的关系，倒也不是不可能。

"我去问问继许。"她叹了口气，决定去问问。

千嘉有些不放心："你这么去问继许，好吗？"

知道千嘉也就是听说的时候脑子一热，直接打了过来，现在反过来一想，才意识到她和继许之间的情况，只是她既然已经知道了，难道还能装聋作哑吗？

挂了千嘉的电话后，余枳想了想，给继许打了个电话。

"为什么不让黎君槐参加项目？"

继许那边轻笑一声，像是料到她一定会打电话回去，有些得意地反问："你就这么确定这件事情是我做的？"

"研究院的赞助是继氏。"余枳再问了一遍，"为什么不让黎君槐参加？"

研究院的赞助是继氏，秦院长那么喜欢黎君槐，不可能不让他参加，那就只有掌握着继氏行政权，同时还误会她和黎君槐的继许。

这事在千嘉打电话来的时候，她就已经想到。

继许果然坦然地承认："我不想，还能有别的理由？"

"是因为我吧，你怀疑我和黎君槐有什么，所以千方百计地针对黎君槐，继氏在以前从来没有对研究院有过赞助，偏偏今年就安排了，继许，你这样做不觉得可笑吗？"

　　余枳显然已经生气，一而再再而三地给黎君槐惹麻烦，本来就已经过意不去了，现在居然还因为她的原因，不能参加项目，这让她以后还怎么面对黎君槐。

　　"那你觉得我应该怎么样，任由着你在外面给我戴绿帽子？"继许咬牙切齿，如果不是在办公室，他的声音恐怕会更大。

　　"我没有！"余枳本能地反驳。

　　没错，她这段时间确实和黎君槐走得近，但是除了一些必要的工作之外，她从来没有联系过黎君槐，更不可能发生别的，只是她没有想到，继许居然对她没有任何信任。

　　"我和你解释过，我和他只是朋友，我也没有做过任何对不起你的事情。"

　　"那你现在替他求情干什么？！"继许反问。

　　"我没有替他求情，只是希望你搞清楚情况。"余枳强调，"别把我们的问题，和他扯到一起，你明明清楚，我们之间最大的问题，和他没有任何关系。"

　　"闭嘴。"

　　继许烦躁地掐断电话，将电话往桌上一甩，那个人，他绝不允许任何人提起。

等这边的事情一忙完，余枳连休息都没有，马不停蹄地赶回了上关，看来有些事情，还是有必要说清楚的。

孔之休这几天在外面出差，这不，他一回来，余枳就立马找去了他办公室。

"有事吗？"对于余枳的到来，孔之休并不感到讶异。

余枳摇头："主编有时间吗，去楼下喝杯咖啡？"

"现在？"孔之休显然有些意外余枳邀请的仓促，毕竟现在距离下班还有一个小时，早退完全不像她的风格。

余枳点了点头，她知道孔之休可能刚刚出差回来，甚至没有半点休息地还给他们开了一个会，不过有些事，还是早点讲清楚好。

见她坚持，孔之休也就没有推辞，他刚出差回来，提前离开也算情理之中，至于余枳，她的工作本来就没有强制性。

明明像是有急事般地将他叫出来，可这下真的在咖啡店入座，余枳却又不说话了，好像两人真的只是来喝杯咖啡。

直到服务员将咖啡端上来，余枳才慢悠悠地开口："主编，谢谢你这几年来对我的照顾。"

孔之休看着面前的那杯咖啡，虽是疑惑，脸上却还是不改温润："谈不上照顾，不过是多用了点心，我记得我可是也有每天凶巴巴骂你的时候吧。"

虽然是很轻松的气氛，却并没有让余枳有半点松懈，反倒认真地看着孔之休："所以我想请主编收下那些对我的照顾，把我和别的同事一样对待就好。"

孔之休这才感觉出了余枳今天的不一样，像是憋了好多事情，等着慢慢全都吐出来一般，本来也和他没有什么关系，可是不知道为什么，他会有一种不安的感觉。

"你说的这是什么话，对于有能力的人，照顾些也是情理之中。"

"情理之中？难道不是因为我是继许的老婆，难道不是因为我的身后还有继家？"余枳眼神凛冽，"只是主编，你那样做，对你到底有什么好处？"

对的，这才是余枳找孔之休的真正原因，工作这几年来，她又怎么可能感受不到，他对她的诸多照顾，她把他当成是一个值得敬重的上司和老师，只是现在，她想有些事需要说清楚了。

"你到底在说什么？！"孔之休双眸一沉，一改温和。

"难道不是你和继许说了些什么，让他误会了我和黎君槐之间的关系？"

本来准备说话的孔之休，被余枳问得一哑，不知该如何作答，居然这么快就被她看出来了，只是，他那么做真的只是为了讨好继家吗？

"我不知道你在说什么。"他本能地反驳，就算真是他做的，有些事情，也并不适合现在来说。

"如果这样的话，那我可能没办法继续在《注徊》工作了。"

孔之休皱着眉看着余枳，似乎不相信会从她嘴里听到这样的话，当初她为了进《注徊》有多么努力他听说过，在《注徊》的这几年，她是怎么工作的他也看到过，所以从来没有想到她会说出这样的话来。

余枳也像是故意和孔之休较劲一般，她的脚在上次林区崴到下不了地，继许对她从不过问，又怎么可能知道这些，黎君槐那边的同事，根本不知道她和继许的关系，那么就只剩下去看过她，还和继许有过交集的他。

她不傻，怎么会看不出孔之休对她的特别之处，以前觉得谁都不点破，就没有关系，不过她忘记了孔之休是个必达目的的人。

"你觉得我那样做真是为了讨好继家？"果然，孔之休率先低头，"继家值得我去这样讨好？小枳，我到底为了什么，你不是应该很清楚吗？我以为你是知道的，我其实一直……"

"主编，我当你是我的老师、我的朋友，除此之外，别无其他。"余枳适时地打断。

　　余枳的意思再明显不过，她明明在一开始就知道他对她的心思，却从来没有打算利用，也从来没有回应，只是没想到这次几乎孤注一掷，竟然毫无用处。

　　"抱歉。"

　　"我或许给了主编某些错觉，但以后不会了。"余枳浅浅笑着，仿佛方才的厉声斥责只是幻觉，"毕竟你还是我敬重的主编。"

　　看着余枳起身离开，毫不留恋的样子，孔之休心里隐隐地有些说不出来的苦楚。

　　四年前，她刚来实习那会儿，是当时上关市有名的摄影师齐砚白老先生推荐过来的，他倒不怀疑齐砚白老先生的人品，只是想知道究竟是怎么样的人，值得让人那么推荐。

　　至于后来的事情，都是自然而然发生的，她有那个吸引力，只是当他打算进一步的时候，她却告诉他，她要结婚了。

　　那时候他也是真心祝福的，却不想，那段婚姻，似乎并不是那么美满。

　　凭他对余枳的了解，自然知道她不会主动离婚，所以才决定从继许那边出手，只是他算错了会变的人心。

　　余枳没有将她和继许准备离婚的事和孔之休说，这些事情，孔之休没必要知道。

03

关于黎君槐的事情，余枳想去找继许解释清楚，可犹豫着，还是没有去，她不是很想和继许吵架，毕竟两人的关系，现在已经闹得这么僵。可一听说黎君槐好像下定决心要离开项目组，她便马不停蹄地去了研究院。

余枳提着好茶去找秦院长。

秦院长一眼就悟出了里面的意思，继氏干预研究院的事情，余枳这是来赔礼道歉呢。

"秦伯，最近还好吧？"余枳看着已经在那儿专心泡茶的秦院长，谨慎地问。

秦院长活了那么多年，也算是人精，年轻的时候，混迹官场，没几年倒也坐到了市副局的位置，却在这个时候，顺势退下，转到大学当个悠闲教授，退休后，又来研究院挂了个空职。这样的人，怎么可能猜不到余枳心里的那些心思。

"一把年纪的人，你倒不如问我过得舒不舒坦。"秦院长专心地泡着茶，并不直面回答。

满室的淡淡茶香，倒是让余枳觉得心里一阵清润，忍不住夸赞："秦伯泡茶的技术倒是越来越高了，恨不得天天来这儿喝一杯。"

秦院长倒是客气："那可要看你是不是天天有空来我这儿了。"

"有有有，只要秦伯一句话，我一定天天往你这儿跑。"余枳笑着附和。

秦院长将泡好的茶往余枳面前一放："就怕你没有闲下来的心，说吧，今天来是为了什么？"

余枳接过茶，故意装傻地发出一声疑问。

"这又是送茶，又是说好话的，别以为我老头子看不出来。"秦院长闻着茶香，毫不留情地拆穿。

知道骗不过秦院长，本来也是打算道歉的，余枳也就不再掖着："还真是什么事情都瞒不过您，关于继氏的事，对不起，给您惹麻烦了。"

"继氏和你又没有关系，你来是为了什么别以为我猜不出来。"

既然被看出来，余枳也就不继续绕圈子："秦伯你可千万不要答应黎君槐的主动退出，这个事情不是他的原因。"

"这事你去找他说，你以为我不想留住他啊，可现在是他要主动退出。"秦院长反倒不高兴起来了，研究院的事被继许这么阻拦着，本来就已经不开心了，还逼走自己最满意的下属。

余枳果真去找黎君槐，毕竟事情的源头是在她这里，不能因此连累黎君槐。

黎君槐看着这个没有提前说明，就直接找到自己办公室来的余枳，不由得皱起眉头。

　　"你应该不介意我占用你几分钟时间吧。"余枳看了看黎君槐，站在门口，礼貌地询问。

　　黎君槐停下手上的工作，示意一旁的李召先出去，这才看向她："介意好像你也进来了。"

　　"介意我可以长话短说的。"

　　黎君槐起身倒了杯水给她："那你长话短说。"

　　"还当真了。"余枳无奈地撇了撇嘴，想着，他们哪次见面不都是简单的几句话，她也要有一直说下去的机会啊，"请你吃饭，走吗？"

　　黎君槐手上的动作一顿，抬头直直地看向余枳，半天不说话，像是在考虑，直到最后，才说了两个字："走吧。"

　　不知道是不是相处的时间多了，余枳对黎君槐的性子也是有些把握的，以前觉得他很难相处，但是最近她发现，他还不会拒绝人。

　　两人从研究院开到市区，余枳已经饿得前胸贴后背了，也就管不了太多，两人随便找了一家小店，点了两碗牛肉面，就算是解决了吃饭的问题。

黎君槐倒是没有说什么，全程听着余枳的想法，他只管跟着过去，倒也不怕余枳把他卖了。

"听说这家牛肉面还不错，一直没有机会过来。"

黎君槐不理解："前面不是还说很饿，这么长的队，你不觉得难排了？"

"你不懂。"自从经过林区的那次相处之后，余枳对黎君槐远没有了一开始的畏惧，自然说话也就没有那么拘束。

黎君槐也不介意，让她找个位置坐下，自己则去排队等着。

一顿还算愉快的晚饭结束之后，余枳说先送黎君槐回关大，黎君槐在关大附近有套房子，当时研究院买的时候，给他预留了一套。

黎君槐想了想，没有拒绝。余枳今天折腾了这么一天，他就算再傻也看得出来她有话要说。

果然，一到车上，余枳忽然换了一副认真的脸，对黎君槐说："你没有必要主动退出新项目。"

黎君槐下意识地皱起眉，她和继家的关系知道这事也没有什么奇怪，只是他并不习惯有人来干预他的决定。

"这个是我自己的决定。"

"那是因为继氏的原因。"余枳不甘示弱地反驳。

因为她的这句话让车厢内陷入了沉默，余枳来找他，他就已经猜到可能是这个事情，只是他想知道她会怎么说。

"不去新项目，研究院还是有很多事情可以做。"黎君槐最终解释。

"我知道你不想秦伯为难，可你以为秦伯会连这点事情都处理不好，他什么大风大浪没有见过，如果这点事情能难倒他，还怎么来当这个院长，何况这个事情很快就会过去的。"

想来她应该已经和继许说过，也是，就她的性子，怎么可能会在知道后忍得住不先找继许。

"这个我知道。"

余枳看着他已经下定决心的样子，气得跺脚："你怎么就不明白呢，秦伯说过，新项目一开始就是你全权负责的，前期的准备也都是你做的，你不可以在这个时候退出。"

"你还有什么要说的吗？"

黎君槐怎么会不明白她的意思，现在她这样，是将所有的事情往自己身上扛，他不想听下去。

"不要退出。"余枳干脆将车停在路边，转头看向他，眼神坚定，"因为秦伯不希望你退出。"

看着她眼神里的执着，不知道出于什么样的原因，黎君槐本来还想推辞的话，只得咽下去，想来今天他要是不答应，这事也不会完，也就只好勉强点头："我再想想。"

"那就好。"见他答应，余枳这才松了口气，剩下的一路自然也就安静了不少，将黎君槐送到关大，然后才回继家。

04

继许很少喝醉，喝醉了还回继家更是完全不可能的事情。

这天晚上，稍微整理了一下照片，刚躺在床上的余枳，在听到敲门声的时候，为了不吵醒林华他们，只得去开门，纳闷着大半夜会是谁。

看见站在门口的继许，她下意识地往后面一躲，继许带过来的酒气让她知道他今天醉得不轻。

"怎么了？"余枳上下打量着继许，保持着站在门口的动作纹丝不动。

"过来扶我。"继许连站都站不稳的样子，余枳不情愿，却还是上前扶着他往客房走。

只是在余枳将他扶到床边的时候，也不知道继许从哪里冒出来的力气，将她直接甩在床上，紧接着就是他的人。

余枳本能地想要推开继许。继许今天醉得不轻，她忽然后悔刚才脑子一热去扶他。

接下来可能会发生什么，有时候不用说，大家也都明白，可余枳并不想变成那样，她和继许，没必要在现在发生这些。

不过继许却并不这么想，他死死地将她禁锢在身下，在她挣扎的时候，已经伸手去解她的衣服。

余枳从来没有想过继许会突然做出这样的事情来，也没有想到会是在这样的情况下，这种感觉，像是自己在接受继许的侮辱，让她内心十分抵触。

"继许，你放开我。"余枳紧紧地拽着胸前的衣服，用力地推着继许，她并不想把林华他们招来。

继许像是完全听不见她的话一样，手上的动作没有半点停顿。

本能之下，余枳扬起手给了继许一巴掌："继许，你不能这样对我。"

这不但没有将继许打醒，反倒让继许更生气，愤怒的眸子瞪着她，对她的话完全充耳不闻，他不知道自己为什么会那么生气，生气得恨不得撕掉她。

她明明和桑云一点都不像的，却总是给人错觉，在她身上他能看见桑云的影子，她怎么可以。

想要毁掉她的想法从心里冒出来之后，就势不可当地蔓延开来，他不可以让她过得那么好，在桑云去世的基础上，过得那么好。

如果说之前是强迫，那么现在，才是真正的残暴，他伸手撕开余枳的衣服，扣粒掉在地上噼里啪啦，却没有让他的动作慢掉半分。

余枳有那么一刻的绝望，知道他们之间发生什么那都是正常的，可是……不能够，怎么能够这样呢，他不是都已经准备离婚了吗？为什么还要这样对她？

挣扎的手碰到床头柜上的花瓶，出于本能，她来不及多想，直接朝继许的头砸去，花瓶应声碎裂，散落满地。

继许这才停下手上的动作，虽然被砸了一下，但好像并没有什么事情。

趁着这个空隙，余枳没有多想，本能地想外面跑，却被继许拉住。

"你居然打我？"继许捂着头，不可置信地看着余枳，"我是你老公！"

"你放开我。"

"怎么回事？"房间的动静太大，连楼下的林华他们都被吵醒，"小枳的脚……"

原来刚才因为着急逃走，余枳根本就没有注意脚下，一脚踩到刚才掉在地上的花瓶碎屑上，血已经在地板上留下明显的一块印记。

　　眼前的这一幕，其实已经用不着多问，林华一时间也不知道该说他们什么好，叹了口气，叫周婶进来打扫，让继管家跟医院的罗院长打个招呼，等会儿送余枳过去。

　　余枳被周婶扶着去隔壁卧室，继许本来打算跟过去，被继明辉一个眼神止住。

　　等余枳离开，林华这才问继许："说清楚，这到底是怎么回事？"

　　"我喝多了，然后就……"继许因为刚才接二连三的意外已经清醒了不少，何况究竟是借酒装疯，还是真的喝醉，谁又说得清呢。

　　"混账！"继明辉比不上林华，直接一巴掌招呼了过去，"赶紧洗把脸，跟着去医院。"

　　继明辉虽然没有明确表示，但是心里其实挺喜欢余枳的，三年来，也知道余枳对继家也算有情有义，看到自己儿子做出这样的事来，免不了有些生气。

　　平时对继许还算疼爱的林华，现在这种情况也不敢上前帮忙，继明辉对继许平时就算严厉，那也没见直接动过手，看来这次气得不轻。

　　房间地板上的血迹还清晰可见，余枳现在是什么情况还不得而知，大家也就没在这里废话，直接赶往医院。

好在碎玻璃只是扎到脚底，虽然多了点，倒也没有伤到神经，不算太严重，余枳念在是大晚上，让继管家先送林华他们回去，却并没有赶一旁的继许。

直到罗院长和随行的医生替她处理好伤口离开，她才开口："我们离婚吧。"

她说得很平静，像是准备已久，也是下定决心。

"你说什么？！"继许显然没有想到余枳会突然说这个，微皱着眉判断她话里的真假。

"明天让律师把离婚协议拿来吧，不是早就已经准备好了吗？"

余枳没有在意他的震惊，将头转向一边，她没有在和他商量，而是告知。

继许来不及细想那藏得很好的离婚协议余枳怎么会知道，只是这些话从余枳口里说出来的时候，张口就想否认，他忽然不想离婚。

"我不同意离婚，就因为今晚我做的那些，你就要这样做？"

"今晚做的那些难道还不够吗，你但凡有一点点尊重我，会做出那样的事？"余枳压着声音，却不减愤怒。

这一切他不是早就已经准备好了吗，不是他早想要这么做了吗，他应该满意的。

她没有和他争论，既然他迟迟不愿意说出来，那就让她来代替，大家都已经很累了，也就没必要一直纠缠伤害。

曾经她幻想过，继家也许会是她的居所，会和继家的每一个人都成为亲人，甚至在嫁过来之后还努力尝试过。

只是一颗本就不炙热的心，要怎么面对无数次辗转空荡的房间、冰冷漠然的疏离？

她决定放弃了，成全继许，也放过自己。

又或者，她从来都没有真正费力融入继家，不过都不重要了，在她下定决心将那几个字说出来的时候，那些都不重要了。

继许转身离开病房，大概是不知道怎么解释，也是，那种事情的发生，应该怎么解释呢。

千嘉打电话来的时候，她刚刚睡下，继许走了之后就没有再回来，大概是不想听到她和他说离婚。

"罗叔叔说你在医院，怎么回事？"电话一接通，就是扑面而来的质问。

虽然虚弱，余枳还是不好意思地笑了笑，小心翼翼地解释："就是脚扎了几块玻璃，不算严重。"

"残废了吗？"

"暂时没有。"

"下得了地吗？"

千嘉很少这么严肃，余枳只得乖乖地回答："暂时不行。"

只听那边舒了口气，随即是咬牙切齿地教训："继家怎么会有玻璃给你踩？现在好了，折腾到医院，你说万一不好弄个残废，以后继许要是休了你……"

"我们要离婚了。"余枳语气平静地打断她的话。

"什么？！"千嘉显然被吓了一跳，他知道余枳是不可能轻易说出这几个字的，不然在继家的这三年，不知道有多少个机会让她说这句话。

余枳料到千嘉会这样，却并不打算过多解释："我知道你现在很震惊，但我希望你什么都不要问。"

千嘉那边好一会儿没有声音，过了半晌才说了句"我明天派个人过去看你"，便直接挂了电话，估计怕控制不住自己吧。

第二天一大早，余枳看到站在门口的黎君槐，吓了一跳。她眼神探究地打量着已经站在病房门口的人，千嘉说派个人来看她，不会是他吧。

"千嘉告诉我的。"不等她问，黎君槐已经提前替她作了回答。

"指使人倒是挺会的。"余枳小声地埋怨，觉得千嘉有些麻烦了黎君槐，虽然这段时间他一直在酒吧帮忙，但是应该也不见得有多闲。

黎君槐好像不是这么觉得，反倒替千嘉说话："她在外地出差，有点不放心。"

"哦，可也不应该是你啊。"余枳疑问。

"魏宁安说没空。"

看来两人又在吵架，那她也就没有什么好说的，只是这样一来，病房就陷入了沉默。

过了好一会儿，余枳觉得两人这样四目相对，气氛好像有些尴尬，只得随口找了个话题："酒吧还有多久装修完？"

"到时候我会通知你。"黎君槐回答，同时发问，"你要离婚了？"

没想到千嘉居然连这个事情都和他说，余枳抿了抿唇不知道怎么回答，却也解释："不是因为你的原因，所以才变成这样的。"

"我知道。"

黎君槐也不知道为什么自己从魏宁安嘴里听说这件事的时候，恨不得马上冲到余枳身边，他见过她差点轻生，他听过她妄自菲薄，所以能够猜测，却也知道她的坚韧，能够让她做这样的决定，那一定是发生了大事情，就像现在她躺在病床上。

"也是，你那天应该就看出来了。"余枳敛眸，脸上的无奈一闪而过。

他当然看出来，她眼神里那些不合群，那些逃避，那些硬撑，更看出来，她不会轻言放弃。

"要出去走走吗？"黎君槐建议。

余枳看了眼外面，这种十月份的天气，要说出去晒太阳好像有些牵强，不过在医院确实待得有些倦了。

"那就麻烦黎专家了。"

"余摄影客气。"大概是念在她现在有伤在身，黎君槐难得应和了她的打趣。

两人没有再说腿伤，也没有再说她离婚的事，就这么有一搭没一搭地聊着。

顾及余枳脚上的伤，没有待多久，黎君槐也就离开了。

林华中午才过来，见余枳这样，多少有些过意不去，将带过来的东西替她摆好，不好意思地说："小枳，这次是小许不对，我替他跟你道歉。"

余枳看了一眼带过来的饭菜，知道是林华亲自做的。林华平时对她也说得过去，可有些事情，已经发生，不管是忘记，还是抹却，都无法掩盖它发生的事实。

"妈，继许没有和你说什么吗？"余枳试探地问。

林华疑惑："说什么？他昨天从家里离开后，就没有回去啊，你们到底怎么了？"

看来还不知道啊，既然这样，余枳想，到时候把余庆他们叫过来再一起说也不迟，毕竟牵扯到两家人，总还是需要说明一下的。

一直到下午，继许才过来，没有带余枳说的离婚协议，也没有叫律师跟过来。

"想好了吗？"余枳问道。

继许没有顺着她的话往下接，反倒说着无关紧要的话："周婶和妈过来看过你？"

"嗯。"余枳面无表情地说，"那我明天就出院，把书房的那份给签了。"

"余枳！"本来打算装傻的继许，在她一而再的提醒下，只能面对，"一定要这样吗，我不同意。"

"何必呢？"余枳看着继许，眼神有些凄凉，他现在这样又是何苦，是觉得桑云不在了，和谁在一起都一样？那她呢，她要怎么办？

"有没有必要我知道，那你又为什么非要离这个婚？"继许换了张脸质问。

余枳冷笑："你不是知道原因吗？"

继许一甩手，没有接话，那也不可以，他不能白白便宜了他们。

怎么可以离婚？！在昨晚，看到余枳血流不止的脚，看着医生拔出玻璃后的伤口，继许才忽然心间一疼，意识到自己做了多么过分的事情。

三年来，他没有正眼瞧过余枳，将她晾在家里，甚至准备离婚，至于最后为什么没有将离婚协议拿出来，他也说不清楚原因。

只是再从她嘴里听到"离婚"两个字的时候，他心里莫名地觉得难受，像是被什么捶了一拳，闷闷作痛。

他将要失去她，他竟然会难受，而且和当年亲眼看着桑云离开相比，有过之无不及。

他忽然意识到，他好像是爱她的，哪怕已经尽力地去避开她，去忽视她，可还是爱上了她，是因为她像桑云，可是她们明明一点都不像。

桑云就是一个小姑娘，需要疼爱，禁不起风雨。而她，顽固、执着，甚至有些故作坚强，不管怎么打击都不会摔倒的样子，可这些都已经不重要了。

他需要承认，他爱她，就在他极力想要避开她的时候。

余枳并不打算和他争执这些，继许不想离婚的理由她不想深究，她只知道，她想要离开。

第五章

| 如光暖也，似风轻也 |

他像是春日晨曦，温暖、明媚，而且，
毫无预兆，抗拒不了

01

千嘉提议说自己在关大附近有一处公寓，余枳要是不想去继家，可以直接搬过去，里面什么东西都有，只要打扫一下就可以。

离婚毕竟是大事情，余枳想了想，还是决定暂时先回继家，何况还有事情要说。

余庆一接到电话，听到余枳让他和孟月琴去继家的时候，就觉得有什么事发生。

余枳自从读了大学之后，就很少主动打电话回家里，就算是他打电话，余枳也只是简单地回一两句，而她主动打电话回来，一定是有事。

他们到达继家的时候，继家也满满当当地坐了一客厅的人，就连一向都在忙工作的继明辉，现在都在。

等所有人都入座之后，大家的目光都集中在余枳身上。

知道该面对的早晚都需要面对，余枳也就不打算耽误大家的时间，稍稍整理了一下情绪，才开口："我和继许打算离婚。"

"余枳！"

明明知道她叫大家过来就是为了这个事情，可继许还是想要阻止，因为他知道，这件事一旦让大家都知道，那就差不多已经是铁板钉钉的事了。

最失控的莫过于孟月琴，听到余枳说离婚的那一刻，她脑子里本能想到的就是余柯，余枳和继许离婚了，余柯该怎么办？

"余枳，继家这几年对你这么好，你怎么可以说出这些话？"孟月琴被气得直接站起来，指着余枳，厉声责骂。

最先反应过来的还是继明辉，他看了眼继许，对余枳说："小枳跟我去一趟书房吧。"

继明辉的书房就在二楼，嫁过来这么久，余枳还从来没有进去过。当然，进继明辉的书房，并不是什么值得骄傲的事，她见到继许因为公司一个很小的事情，被骂得抬不起头地从里面出来过。

书房比她想象的要大得多，一进去就给她一种严肃的感觉，不过继明辉这次只是在旁边的沙发坐下，同时招呼余枳过去。

"小枳，那件事情之后，我也找小许谈过，确实是他有错在先，但是真的就到了非要走这一步吗？"

继明辉其实很少和余枳说话，偶尔在饭桌上说上两句，也是少数，像这样面对面坐着说这些，还从未有过。

"爸，这个决定，其实也不单单只是因为那件事，应该是很多事情才导致的这个结果吧。"

余枳埋着头，继家上上下下对她都很好，如果不是因为那一晚，也不至于让她做出这种决定。

"没有挽回的余地？"继明辉试探性地问。

有些事情作为大人不好说，这些年也就没有管他们俩，就连有时候林华说上两句，他也让林华别去管，原本以为他们自己能够解决，却没想到变成现在这样。

余枳只是埋着头，没有立即回答。在继许面前，她可以很直接地告诉他——没有，可到了继明辉面前，她就不知道应该怎么开口了，毕竟又不是他们的错。

她想了想，请求道："爸，结婚的事情，我和继许没有抱怨过一句，但这件事，能不能让我们自己来决定？"

继明辉很懂得适可而止，也就没有再追问下去，让她好好和余庆他们解释一下。

既然是因为这事，余庆他们也就不好意思继续待在继家，拉着孟月琴一起，回了余家。

一路上，孟月琴好几次打算开口骂余枳，但都被余庆给拦了回去，余枳也就装作没看见，她现在没有精力吵架。

"小枳，陪爸去一趟学校吧。"一到余家，余庆才慢悠悠地开口，也不顾余枳脚上还有伤。

知道余庆有话要说，余枳也就没有拒绝，这门婚事当初他和继明辉都很满意，现在出了这么大的问题，他总是要问几句的。

没走几步，余庆就缓缓地开口："怎么脚弄伤了，都没和我们说一声。"

"不小心踩了块玻璃，怕你们担心就没说。"余枳笑着解释。

余庆难得说话大声了一点："是怕我们担心，还是根本就没想过要说？！"

当年，他为了帮助继家，差点犯了错误，受了处分，本来已经决定好的升职也没有了，反倒差点失业，孟月琴又正好在那个当口生了余枳，因为是个女孩，在老家父母也不受重视，一来二去，孟月琴就一直以为自己生了一个丧门星，对余枳的态度也就没好到哪儿去。

他觉得亏欠孟月琴，也就由着孟月琴，倒是委屈了余枳。

他本以为，将余枳嫁到继家，是对她好，却怎么也没想到，会变成今天这样。

余枳愣了愣，随即笑着解释："你们不都忙吗，再说也不是什么大事。"

"那离婚呢？"余庆忽然站定，看着余枳，"这么大的事情，也要放到今天才说，有什么事情过不去，非要闹成这样？"

余枳悻悻地撇了撇嘴，小声嘟哝着："那不是今天都告诉你们了吗？还是一起，哪边都没有落下。"

大概是知道余庆不会真对她怎么样，余枳在他面前胆也大了不少，想到什么就说什么。

余庆张了张嘴，最终只是叹了口气，换了种语气询问："你们到底发生什么事了？"

余枳抿着唇不说，她能怎么说，说是身体接受不了一个心里装着别人的男人，这事，也不能和余庆说啊。

"他在外面干了混账事？"余庆问。

余枳本能地摇头，继许要是有花边新闻，她倒还能想开，可他心里就只装着一个人。

"那是他犯了什么不可原谅的错？"

也不算。

"那你说你这是闹什么，难不成真的要闹到不可收拾？"余庆瞧着她这副问什么都不说的样子，也跟着着急，"小许的品质是好的，不然当年我也不会让你嫁过去，既然没有发生什么大事情，就真的要闹得不能收拾吗？"

余枳埋着头没有回答，眼看着学校也到了，余庆也就没有继续说下去，有些事情，他也不方便说太多。

也不知道她离开之后，继明辉有和继许说什么，不过自那以后继许倒是每天都回继家。

余枳没有说离婚的事，继许也没有主动提，林华倒是在这次事情里面，什么话都没有说，对余枳照旧和之前一样，不亲近，也不疏远。

为了庆祝余枳从医院出来，千嘉一回来，就说要请余枳吃一顿大餐，余枳想了想也就没有拒绝。

这段时间，和继许的关系看上去好像在朝着好的方面发展，好像中间那段不愉快从来没有发生过。

02

周一去杂志社，余枳一进门，就被告知说孔之休找她。

余枳不由得疑惑了一下，如果是拍摄任务，孔之休一定会在开会的时候说，如果不是拍摄任务，那他一定会去办公室找她，倒也没见过一大清早就让她去找他的。

"主编，有事吗？"余枳轻轻敲了敲门，得到里面的回应之后，才小心翼翼地开门进去。

孔之休今天脸色很难看，看着余枳进来，直接甩手将一份纸质的东西摔在余枳面前："我自认为这段时间表现很好，你有必要做到这一步吗？"

余枳看到孔之休摔过来的辞呈，脸色瞬间变了，将它往身后一藏："这东西不是我的。"

"那怎么会在我的办公室出现这种东西？"

"主编，你应该还没有受理吧，那你就当什么事都没有发生过，你放心，我是不会轻易离开《注徊》的。"余枳慌乱地解释着。

孔之休打量着她，看到辞呈的那一刻，他真的以为她是因为他的原因要离开，毕竟她之前说过那样的话，现在见她这么说，他才松了口气。

他是一个惜才的人，就算余枳表明过不会再有其他发展，可她还是杂志社最有能力的摄影师，没有之一。

"那没事了，你去忙吧。"孔之休又恢复成了平时温润的样子。

余枳蹙眉，附身追问："真的没事了？"

"那你还想怎样，让我允许你辞职？"孔之休轻笑着问，"那就拿来吧。"

闻言，余枳吓得赶紧冲孔之休笑了笑，拔腿就往往外跑："主编再见！"

回到办公室内，余枳有些郁闷为什么会出现辞职信，而且还是在孔之休的办公室，费劲地想了想，没想明白，也就作罢，反正也没什么大事发生。

正巧今天有些事情要忙，也就没有闲工夫来想这些。

下午是继许来接的她，这些天，继许像是转性似的，每天早送晚接的，倒是有几分体贴的样子。

"余枳，和你商量个事。"车上，继许看似漫不经心地开口。

余枳下意识地心里一紧，忙问："什么事？"

"去继氏上班好吗？"

"你说什么？"余枳微皱着眉转头看着继许，怀疑自己是不是听错了。

继许认真地说着，没有半点开玩笑："去继氏上班，和我一起，好吗？"

"不好。"余枳果断地否决。

"为什么？在《注徊》工作，天天出差忙得要死有什么好的？"原以为这段时间，两人的关系已经增进了不少，却没想到余枳会拒绝得这么直接。

余枳忽然冷笑一声："所以你就可以擅自替我交辞职信？"

想起前几天孟月琴忍不住打电话来说，余柯被继许换了个工作，好像降了个级什么的，余枳当时觉得可能是继许想起她当初的话，让余柯做份简单点的工作，现在看来好像并不是这样。

"不然你自己会走吗？"既然话题已经挑开，继许也就没有什么好瞒的，"难道我一个继氏都养不起你，你还需要在外面累死累活？"

继许不喜欢她在外面工作，这件事她早就知道，以前以为他能够理解，现在看来，他当时只不过是不想管。

"累死累活我也愿意。"余枳命令道，"停车，让我下去。"

"余枳……"

余枳加重了几分音量："我说，我要下车。"

继许看着她，最终无可奈何地靠边停车，车一停下，余枳毫不犹豫地起身下车。

她这么生气不是因为不想去继氏，而是她发现，就算发生了这么多事，继许还是没变，他看不上她的职业、她的家庭，也许还包括她。

下车没走多久，天就开始下雨，像是觉得她现在还不够惨，幻想这东西，还真是残忍，原本以为和继许还不一定非要走到这一步，可结果，还来不及说清楚，就又被打回原形。

余枳坐在路边供人休息的长椅上，入秋的雨虽然不大，却带着凉意，没过多久，她身上都能拧出水来。

她犹豫着还是给千嘉打了个电话，说要去她关大附近的那套公寓去住。那套公寓毕业后千嘉偶尔会过来住上一晚，还安排人定期打扫，钥匙千嘉也早就给她了，倒也方便。

千嘉没有问为什么，只是问她还有没有别的需要。这段时间千家的楼盘正好开盘，千嘉作为销售经理，并不轻松，余枳想了想，什么也没要，自己去临近的超市买了些洗漱用品。

余枳洗完澡，给继许打了个电话："继许，我想清楚了，我要离婚。"

继许那边没有回答，只是过了好久才说："对不起。"

"不必了。"余枳回答得很干脆。

经过这些事情，余枳已经下定决心离婚，如果说，之前对于继许还有那么一点点的幻想，可现在，就连最后的那一点点幻想也都已经破灭了。

这已经不再是因为继许不喜欢她，而是，她发现两个本来就不般配的家庭，两个本来就不般配的人，死绑在一起是没有用的。

继许哪怕只有那么一点点尊重她，就不会自作主张地给孔之休辞职信，她不是他的附属品，不是他觉得她应该去继氏，她就一定要去继氏帮忙。

大早上，余枳头晕到起不来，只能打电话向杂志社请假，有人敲门的时候，她刚睡下不久，顶着头晕，万般无奈地跑去开门。

余枳看着眼前的黎君槐，不免觉得奇怪："你怎么知道我在这儿？"

"昨天魏宁安和千嘉在一起。"黎君槐镇定地解释。

余枳眉头紧锁，却还是保持着该有的警觉性："魏宁安和千嘉在一起，和我有什么关系？"

黎君槐没有回答，反倒问道："你感冒了？"

她现在这样，是个人都应该知道她感冒了，可她现在没有力气下楼，又没有带药，而且还不想麻烦千嘉，只能躺在被子里，打算睡一觉好点再自己下楼买药。

"这还要问吗？"余枳翻了个白眼，"没事的话，我关门了。"

黎君槐伸手撑住门，不至于让余枳立即关上门："我去买药，把钥匙给我。"语气严肃且不容拒绝。

余枳一下没反应过来，还真的傻愣愣地从旁边的鞋柜上拿过钥匙递过去，等反应过来的时候，黎君槐已经拿着钥匙走了，留着她愣在原地。

这算是怎么回事，她平时那一丁点的防备心今天竟然完全没有，或许，是因为对方是黎君槐吧，所以她根本就没有往别处想。

黎君槐回来得很快，余枳回房间躺下没多久，就隐约听见门口有动静，再然后，黎君槐递给了她一支温度计，就开始烧水。

屋漏又遭连夜雨来形容现在的她再适合不过，温度计拿出来一看——39.5℃，余枳觉得黎君槐现在看她的眼神完全可以手撕了她。

为了避免一场战争的发生，余枳只好乖乖地躺在床上，嘴里却还是忍不住说："你今天很闲吗？研究院今天没有事？你去忙吧，我这人命硬，死不了的。"

"还有力气说废话。"黎君槐半眯着眼睛审视着她，"看来还有救，把这些都喝了，不然就送你去医院。"

余枳看了看黎君槐准备的那一大堆东西，下意识地吞了吞口水，从小到大，她最怕的就是吃药，她怕苦，不过这事，她从来没有表现出来，现在面对黎君槐，倒是有了拒绝的勇气。

"我能少吃一点吗？"她小心翼翼地问。

黎君槐拒绝得很果断："不能。"

"很苦的。"

"那你怪谁。"

没想到黎君槐居然软硬不吃，余枳也就只能愤愤地瞪了他一眼，一闭眼，狠心将所有的药一口气倒进嘴里，狠狠地喝了好几口水，还是没怎么冲淡嘴里的苦味。

黎君槐不知道从哪里变戏法似的拿出一颗奶糖，余枳眼神一亮，笑嘻嘻地接过，迅速放进嘴里，刚开口想要道谢，黎君槐已经转身离开。

因为药里有镇静的成分，余枳没多久又睡了过去，再醒过来，头疼已经好了不少，出去一看，黎君槐已经离开，钥匙规规矩矩地摆在鞋柜上，茶几上的药整齐地摆放着，怎么使用写得清清楚楚。

余枳去厨房烧水，看见电饭煲里已经保温了好久的粥，无奈地笑了笑，想着黎君槐一定是把她当作他手上的那一批野生动物了。

03

第二天，余枳感冒好一点，照旧去上班，昨天本来想回继家拿行李，后来想了想，还是等离婚之后再去拿吧，何况她现在也不知道怎么面对林华和继明辉。

下班看见黎君槐在楼下，余枳犹豫了一下，不慌不忙地走过去敲了敲车窗。

"我怎么发现你最近好像真的什么事情都没有啊？"在黎君槐降下车窗之后，余枳不满地抱怨。

昨天被黎君槐强灌了那么多药，加上睡了一觉，喝了姜茶，感冒已经好了不少，虽然鼻子还堵着，但是不头疼就都不是大事。

"我忙不忙难道你不知道？"对的，继许还没有收回对研究院的干预，酒吧那边的事情已经接近尾声，他确实没有什么事情可做。

"那你来这儿做什么？"

"正常下班，顺便接一下你。"说话间，黎君槐已经替她打开车门，"昨天忘了说，你现在住在我隔壁小区。"

所以只是顺路？这样一想，余枳觉得倒也合理，难不成黎君槐还真的会特意这个时间来，就为了接她？他们的关系，好像还没好到这一步吧。

余枳尴尬地挑了挑眉："那我就不客气了。"感冒刚好，她今天正巧也就没有自己开车。

黎君槐应了一声后，便没有再说话，车子开到最后一个红绿灯的时候，他才开口："感冒好些了吗？"

眼神严肃得让余枳没办法回避，她只能不情不愿地说："谢谢你，可我昨天也没非要麻烦你的。"后面一句，是她小声嘀咕。

黎君槐没有追究，他能够想到她这段时间一定发生了很多事情，却也不打算——去问，两人目前只是朋友，问得太多反而有些失礼。

车子在余枳的小区门口停下，余枳道了句谢转身下车，却又像是忽然想到什么，转头问："送我上楼吧。"

黎君槐愣了一下，却也没有多问，跟着她下了车。

继许看到余枳时的喜悦，在发现她身边还有黎君槐之后，僵在了那儿，随即换了张脸，怒不可遏得像是要把眼前的两个人盯出洞来。

余枳显然也注意到了继许，冲黎君槐笑了笑，示意他到这儿就可以了，才朝继许走去。

"我算是明白了。"继许看到不远处的黎君槐，他感觉到的极大侮辱甚至让他的脸变得扭曲，"你就这么等不及，我都还没有答应离婚，你们就已经出双入对了。"

余枳面不改色地解释："黎君槐只是顺路送我过来，没有你想的那么龌龊。"

"难道你非要离婚，不就是因为他？"继许指着黎君槐质问余枳。

"你非要这么想，我也无话可说。"余枳将脸别到一边，并不想和他继续讨论这些，"但我还是请你尽快把离婚协议给我，签完我们就离婚。"

看到这一幕的继许，只觉得自己受到了欺骗和侮辱，气上头来，扬手就朝余枳的脸上打去，等反应过来时，余枳脸上已经鲜红地印着手掌的印子。

脸上渐渐感知的痛觉，伴随着半边耳朵的耳鸣，她还来不及反应说什么，继许已经被黎君槐一拳打倒在了地上。

余枳惊讶地想要上前去扶，最终还是忍住，居高临下，平静地看着继许："明天我在民政局等你。"说完转身上楼。

黎君槐在继许扬手的时候就朝这边跑了过来，虽然没能拦下那一掌，却也揍了继许一拳，那一拳重到让继许瞬间倒在了地上。

余枳想，如果这样的误会能够让她和继许离婚的话，那就这么误会吧。

余枳表面看上去好像没有什么事情，平静地上楼，平静地开门，对黎君槐说："我到了。"

黎君槐没有回答，只是伸手撑住余枳打算关上的门。

两人僵持了一会儿，余枳好像没有心思和他在这儿耗着，干脆直接松开手，朝屋内走去。

黎君槐站在客厅，看着余枳的背影："你难道不应该和我说声谢谢吗？"

耳鸣已经散去，但脸上火辣辣的感觉反倒加重，继许那一下，还真是毫不手软。

余枳愣了愣，随即恍恍地说："自己倒杯水，喝完就走，走的时候记得关门。"

黎君槐也不多说什么，转身走向厨房。

余枳醒来的时候，黎君槐已经走了，只是餐桌上摆着一张字条。

"电饭煲里保温着煮好的鸡蛋，拿出来揉一下脸。"

余枳走向厨房，电饭煲里果然放着几个鸡蛋，还有一锅煮好的饭，她转身打开冰箱，还有几盘炒好的菜。

捏着手里的字条，余枳憋了一下午的泪总算是流了出来。黎君槐总是莫名其妙地让她感动，在马拉维，在林区，在昨天，包括现在……

他像是春日晨曦，温暖、明媚，而且，毫无预兆，抗拒不了。

字条的背面，还有一句——我不喜欢被人利用。

余枳打了个电话给黎君槐道歉："对不起，我没有想过利用你。"

从认识开始，她无数次给黎君槐惹麻烦，无数次要黎君槐帮忙，包括今天，因为知道继许会找来这里，所以她才让黎君槐出面，故意让继许误会，只是，她没有想到，黎君槐会动手打继许。

黎君槐"嗯"了一声，算是接受。

"我保证以后不会发生了。"

"嗯。"

觉得黎君槐可能不想和她聊，余枳也就没有继续说下去，说了句"再见"，刚准备挂电话，却听见电话里传来一句："有事可以直接和我说，我一定会答应。"

不等余枳发问，黎君槐已经挂断了电话。

余枳捏着手中的电话眉头紧锁，黎君槐对自己好像并没有什么变化，却又好像有很多变化，让她一下无从查询。

第二天一大早，余枳就去了民政局，脸上的红肿可以在一晚上之后消下去，但不代表什么都没有发生。

前面的时候，她在想，如果继许诚恳，加上家里人的劝解，也许还会有转机，可那封以她名义的辞职信，算是浇熄了她最后一点幻想，而最后那一巴掌，就当互不相欠。

不过继许似乎比她来得更早，她站在民政局门口，转身就看到了继许的车，她没有打算过去，继许也没有打算从车里下来。

余枳也不着急，就那么站在那儿，等着继许从车上下来。

果然，继许没有让她等太久，半个小时后，他终于从车上下来，身边还跟着律师。

"你这样，继家不会给你任何好处的。"继许强调着，像是在告诉余枳事情的严重性。

余枳轻笑一声，略带嘲讽："原来你真的以为我嫁到继家来，就是为了来你们继家捞点好处啊？"

"你……"继许还想说什么，可看到余枳脸上的倔强，也就作罢。

余枳没有理会他，看了眼离婚协议之后，从包里拿出一张卡，递给继许："这是之前欠你的，还有，这些条条框框都去掉，我只要离婚。"

律师看了眼余枳指着的地方，那是继许念在他们结婚三年，给的一定补偿，只是余小姐现在难道是欲擒故纵？

"请余小姐说明白点。"律师只好装傻问个明白。

余枳不耐烦地叹了口气："我从来没和继先生有过共同财产，也不存在什么精神损失，所以直接离婚就好。"

律师看了看继许，在他点头之后，马上去照办。

半个小时之后，两人成功地签了离婚协议，办理了离婚。

拿着手上的离婚证，继许几乎咬牙切齿地质问："这下你满意了？"

余枳平静地解释："没有满不满意一说，只是各自回归正道，我们本来就不是一路人。"

千嘉早早地在公寓等她，看着她手上的离婚证，没有欢呼雀跃地跳起来，也没有难过地抱着她痛哭。一开始她结婚，千嘉什么也没有说，现在她离婚，千嘉也没有什么要说的，只是捋起袖子，准备做饭。

余枳看了看她，无奈地摇了摇头："你现在是我的大债主，你还是坐在客厅看看电视，享受人生吧。"

现在她住在千嘉的公寓里，连还继许的那笔钱也是从千嘉这里拿的，现在千嘉是她名副其实的最大债主。

一开始余柯挪用公司资金的时候，余枳想着用自己的钱还上继许垫的那一笔就好，却没想到，最后还是借了钱。

"大债主想要你以身相许，你可愿意？"千嘉果真打开电视，看起了偶像剧，整个人慵懒地躺在沙发上问余枳。

余枳随手拿起摆在餐桌上的纸巾，直接砸过去："别得了便宜就卖乖。"

04

"余枳，你给我好好说清楚，到底是怎么回事？"

余枳看着站在办公室门口的孟月琴，面色平静，像是早就准备好了接受暴风雨的洗礼。

孟月琴到杂志社来找她，也是预料之中，她和继许虽然不是什么公众人物，但继许作为继氏的继承人，一举一动，还是多少受了点关注的。

虽然已经极力压制不让媒体随意乱写，但是继氏自己的公关部门，总还是需要就事件来公布一下，将事情写成两人自愿离婚，对公司也没有什么影响，何况离了婚的继许，以后恐怕更有价值吧。

"我们出去说。"余枳起身往外面走，她知道孟月琴的性子，不想闹得全杂志社都知道。

孟月琴就算是气头上，也不至于让家丑往外面扬，冷哼一声跟着余枳朝外面走去。

一直走到附近没有什么人的地方，余枳才开口："你有什么想问的，直接说吧。"

"你爸和你说的，难道没有听懂吗，为什么还是要离婚？"孟月琴厉声指责着她，"现在这样，你让你弟弟在继家的公司，还怎么立足？！"

余枳冷着脸，平静地答："继许没有让他直接离开，就说明余柯照样可以在继氏工作，至于该怎么立足，是看他能够做出什么成绩，不是有个什么样的姐夫，何况人家继家恐怕从来就没有看上过我们。"

"我不管，你现在就给我去继家，跟继家认个错，继董事长那么喜欢你，你认个错，他们是不会计较的。"孟月琴不管不顾，拉着余枳就想往继家走。

余枳无奈："离婚是我说的，离婚证是我要求办的，你让我去怎么说，说我现在又不想离婚了？妈，你不要脸，我还要呢。"

孟月琴气得一时间不知道说什么好，指着余枳"你"了半天，最终只能愤愤地叹了口气。

余枳不想继续说下去却还是提醒了一句："转告余柯，别再想着投机取巧，再出事情，继许恐怕就不会念那点情面了。"

"这个不需要你刻意提醒。"孟月琴愤愤地瞪了一眼余枳，还在为余枳不顾余柯直接离婚这个事而生气。

余枳倒也不介意，送走孟月琴后，在楼下待了会儿，才上楼。

她有时候真的不明白，余柯自己有手有脚，为什么非要靠着别人呢，孟月琴想让余柯活得轻松一点她能理解，只是孟月琴这样，真的是在帮余柯吗？

孟月琴都已经找到办公室来了，孔之休那边又怎么可能什么都不知道，他让余枳来了趟他的办公室，说是有事要说。

孔之休的消息那么灵通，应该早就知道她现在已经离婚了，却什么都没问，反倒是说杂志社安排她下周去南海拍摄，时间自己定。

自从上次的事情之后，孔之休就很自觉地退出了那条暧昧线以外，余枳知道孔之休是个很识趣的人，这也是她没有直接辞职，而是找他说清楚的原因。

何况上次她还那么态度坚决地表明了原因，孔之休当然知道自己应该怎么做。

　　下班回家的路上，正好遇见黎君槐，两人说了几句，干脆直接改道去了关大后面的小吃街，虽然黎君槐一直在强调这里的东西不卫生，可余枳硬说要去，他也没有反对。

　　"黎君槐，我今天想吃酸辣粉。"

　　自从她搬过来，两人隔三岔五地撞见，偶尔两人去附近的餐馆吃顿晚饭，有时候，也会去关大转转。

　　黎君槐没有阻止她，只是表示自己不吃酸辣粉。

　　余枳飞快地冲到店里，点好东西之后，转过头不满地评价黎君槐："每次问你来不来，都说来，却又什么都不吃。"

　　"我吃不惯这些小吃。"黎君槐诚实地回答。

　　余枳忽然想起什么，笑嘻嘻地冲店员说外带，转头问黎君槐："等下去你家蹭饭。"

　　"你不是打算吃酸辣粉吗？"黎君槐不理解。

　　余枳叹了口气，解释："我今天有点烦，酸辣粉不够，上次你在我家随意炒的那几道菜，还挺好吃的。"

　　黎君槐皱着眉打量着余枳，不悦地教训："哪有女孩子主动要求去单身男人家的。"

"那你为什么老是直接闯进我家？"余枳反驳。

黎君槐被她一说，又想起她被继许打的那一巴掌，心里像是被什么扎了一下，虽然当时已经动手打了继许，却仍觉得不解气，想起她肿起来的半边脸，想也没想就去做了那些。

那些情不自禁，他自己也没弄明白是怎么回事，从和她认识以来，她没少给他惹出麻烦，好像替她解决问题，已经成了一种习惯。

最终，黎君槐说不过余枳，带着她去了自己家。

余枳还是第一次到黎君槐家做客，她端着一碗酸辣粉，坐在餐桌正好可以看见厨房的位置，看着黎君槐在里面有条不紊地做着饭。

在马拉维的时候，她也见到过，不过当时两人好像谁都瞧不上谁，自然也就少了那份去欣赏的心，不过现在这么看，黎君槐平时板着脸的样子，也不是那么可怕。

"黎君槐，你什么时候学会的做饭啊？"吃完酸辣粉，被热得脱了件线衫，狂吸着鼻涕的余枳，站在厨房门口问黎君槐。

黎君槐没有停下手上的动作，只是嘴上回应："小时候，我妈忙，怕我一个人饿死，抽空教的我。"

"阿姨还是很有远见的，"余枳赞叹，随口问道，"要我帮忙吗？"

"那你把菜洗了。"说着，黎君槐闪身让开，转到旁边切菜。

余枳挑了挑眉，她就是客气地说一声，没想到他还当真了，跟他还真是一点都不能客气。这样一来，她只能挽起袖子动手洗菜。

洗完菜，黎君槐便也没让她做什么，顺便把电视开了，让她看电视。

等他把饭菜弄好，余枳先前吃下的酸辣粉已经没剩多少，时间卡得刚刚好，余枳关了电视，看着一桌子的菜，莫名地鼻尖一酸。

"谢谢你。"余枳会心地笑着感谢。

今天被孟月琴说了一顿，表面上好像并不在意，可心里多少还是有些闷闷的，路上遇到黎君槐，她只是想找个人说会儿话。

黎君槐显然看出来她心里有事情，最终却什么都没问，由着她做着这些，他总是会悄无声息给人一种依赖感，让人忍不住想靠近。

"听腻了。"黎君槐淡淡地回应。

余枳倒也不介意，笑了笑，也就不接着往下说，直接开始吃饭，吃到一半的时候，忽然想到什么："魏宁安的酒吧多久能够装修好？"

"下周打扫完之后，就差不多了，到时候我会通知你。"

余枳想了想，问道："能快一点吗，我下周要出差。"

黎君槐想了想说："最早应该也是在这周末，要不干脆等你出差回来，反正魏宁安现在巴不得找个理由多玩一会儿。"

余枳摇头："没关系，正好我这周末没事。"

如此，黎君槐也不好说什么，正好快点将魏宁安这边的事情忙完，研究院恐怕还有一大堆事情等着他吧，李召关于新项目的事情，已经请示过好多次了。

05

既然已经和黎君槐敲定好，周末余枳也就没有特意联系黎君槐，倒是叫上千嘉，与其说是叫上她，可能说是她非要跟着来比较合适。

昨天晚上，大半夜了，她接到千嘉的电话："余枳，听说你明天要去魏宁安的酒吧？"

余枳看了看时间，凌晨，无奈地叹了口气："你最近不要脸了？"

"我这不是被逼着刚加完班。"千嘉不满地抱怨，"要不是我妈说新楼盘这个季度的营业额只要能超过上个季度，以后就不管我怎么胡闹，我才没那么大力气呢。"

"看来魏宁安的作用还挺大的。"余枳忍不住赞叹，顺便和她说了下明天的事情，"我明天一早就过去，魏宁安说中午会过来看看，没事就走。"

千嘉气冲冲地说："后面那些你不用说。"

"好好好，那就当我什么都没说，明天打电话叫你。"余枳本来也就是打算逗逗千嘉，没想到情况好像还不太对劲，赶紧终止了话题，就这样，千嘉就变成了助手中的一员。

　　两人到的时候不算太早，但是千嘉还是一直打着哈欠，看来这段时间帮着千阿姨处理公司的事情可算把她累着了。

　　魏宁安他们过来的时候，正巧是中午吃饭的时间，拎着一大袋外卖，往桌上一摆，直接开吃。

　　余枳总觉得今天魏宁安和千嘉的气氛很不对劲，换作平时，千嘉早就忍不住做起体贴小妇人的样子了，哪像今天这样，光埋着头吃，连话都没和魏宁安主动说。

　　"他们这是怎么了？"余枳动了动嘴唇，没发声，用筷子指了指旁边的两位，询问着黎君槐。

　　黎君槐耸了耸肩，虽然他和魏宁安又是发小又是雇佣关系，但他从来不关注魏宁安的感情生活，何况前两天见他俩的时候，还挺好的。

　　就在他们俩还在琢磨的时候，旁边忽然传来一声摔筷子的声音，紧接着就听见魏宁安说："你到底又在闹什么？"

　　"没什么。"千嘉满不在乎地继续吃着饭，"反正和你没关系。"

"你什么意思，想和我划清关系？"

千嘉"噌"地站起来，愤怒地瞪着魏宁安："我们俩有关系吗？我就是个烦人的跟屁虫，现在不想跟着你了，不行吗？"

"不行。"说着，魏宁安拉着千嘉就朝楼上走去，"既然是跟着我，就不能由着你。"

被拖着的千嘉恨不得整个人蹲在地上，嘴里不情不愿地喊着："你放开我，我爱怎么做就怎么做……"

目睹这一幕的余枳和旁边的黎君槐对视了一眼，无奈地耸了耸肩，看来这次的事情好像不简单啊，她还是头一次见千嘉这么生气呢。

吃完饭，黎君槐动手收拾着垃圾，余枳也开始准备下午的拍摄，这些拍摄对于余枳来说，其实很简单，何况黎君槐的要求并不高，今天一天拍完，明天差不多就可以选照片。

楼上的那两个也不知道在闹什么，好半天也不见下来，黎君槐倒是站在一旁，不打扰余枳拍照，只是略带欣赏地看着她。

他见过她拍摄很多次，从马拉维那次小心翼翼地拍大象，再到后来林区拍摄太入迷而跟丢，只是从来没有像现在这样，眼神似是被她牵制住，从此移不开。

她一丝不苟的面容，哪怕是一些奇怪的动作，在他看来都是美的，认真地审视着拍摄的照片，调整角度。

哪怕这并不是用在《注徊》上的照片，她也没有因此敷衍。

余枳工作的时候，向来很认真，自然没有注意到黎君槐的注视，直到黎君槐出现在她的相机里。

四周在那一刻寂静得好像只剩他们俩，余枳一时间忘了怎么移开视线，手竟然直接按下快门键。

"咔嚓"一声，才拉回了她的思绪，尴尬地迅速背过身，正打算删除的时候，手被拦住。

"先别删。"说完，相机已经到了黎君槐手里。

余枳仰着头看着黎君槐手里的相机，紧张得心跳加速，刚才也不知道怎么想的，手像是无意识般直接按下快门键，连犹豫都没有，结果现在被抓了个现行。

"那个……我不知道你在那儿。"在黎君槐看向她的时候，余枳赶快埋下头，心虚地挠了挠头发，小心翼翼地解释。

黎君槐被她这样给逗乐，却还是一本正经地说："拍得挺好的，整理的时候，记得一块发给我。"

"啊！"余枳惊讶。

黎君槐没有回答，只是看了她一眼，将相机交给她，转身朝外面走去。

余枳看了看相机上的那张照片，她并不是很擅长拍人，可黎君槐这张随手一按快门的照片，居然还挺好的。

浓密的眉毛，单眼皮，如刀削过的坚挺鼻梁，以及……余枳发现，黎君槐的嘴角，居然带着不易察觉的笑意。

她下意识地转头看向站在门口抽烟的黎君槐，轻笑一声，他虽然总是板着脸，可仔细一看，其实还是挺好看的。

千嘉和魏宁安从楼上下来的时候，余枳这边也刚好拍完，看着两人手牵着手下来，她意味深长地冲千嘉笑了笑，什么也没问。

就千嘉昨天晚上打电话过来，她就知道千嘉这样已经是被魏宁安吃得死死的，不过照今天的情况来看，魏宁安恐怕也好不到哪儿去。

既然事情差不多都忙完了，魏宁安大手一挥，说要犒劳两位功臣。

黎君槐当然不会拒绝，至于余枳，本来还打算回去整理一下，如果不满意明天再过来补拍几张，不过现在看来，好像只能作罢。

几个人一路开到了一家烤肉店，用魏宁安的话说，这里是充分展示黎君槐才华的地方。

余枳看了眼黎君槐，忍不住在后面小声地问他："他平时也是这么指使你的？"

只是黎君槐还来不及回答，却被魏宁安抢了先："指使倒是谈不上，不过是物尽其用。"

没想到会被魏宁安听到，余枳只好无奈地抿了抿唇，当作什么都没有听到，快步走进里面，取了号，等着店员安排位置。

趁着点单的空当，千嘉拉着余枳去买了几杯饮料，在给黎君槐买的时候，余枳下意识地说了句"柠檬汁，不加糖"。

黎君槐不喜欢吃甜食，这是这段时间的相处，余枳唯一知道的事情，每次两人一起去吃东西，任何地方他都可以陪她去，除了甜品店。

千嘉看了眼她，略带惊讶地感叹："你居然还知道黎君槐的喜好？"

余枳被她问得一怔，反应过来之后，才想起自己刚才脱口而出的那句话，没想起来哪里不对劲，反而问千嘉："那种凶巴巴的人，难道不应该看一眼就知道他不吃甜食吗？"

大概是觉得余枳的话好像也有道理，千嘉也就没有继续往下问。

他们一回来，正好轮到他们，黎君槐自然地接过余枳递过来的果汁，喝了一口之后，评价道："还不错。"

几人迅速地点了菜，倒不是饿，而是他们已经迫不及待想要尝尝黎君槐的手艺了。

东西一上齐，除了黎君槐其他几个人全像是嗷嗷待哺的孩子，专注地看着黎君槐的一举一动，而黎君槐的第一块肉，是直接送到余枳碗里的。

余枳今天累了一天，自然也没发现这有什么特别，正准备吹凉些吃的时候，听见斜对面的魏宁安意味深长地说："我才发现原来君槐还会阿谀奉承啊。"

余枳眼里现在全都是肉，哪里会注意这个，反倒是听见黎君槐说了一句"今天她出力最多"之后，才反应过来魏宁安说的是她。

余枳吃着一口烤肉，一本正经地解释："魏宁安，这不叫阿谀奉承，而是你们俩谈恋爱太碍眼了。"

"谁说我们在……"

"那还想和谁谈恋爱！"

千嘉几乎是脱口而出，只不过话还没说完，就被魏宁安瞪住。看着魏宁安板着脸，千嘉立马改口："我错了。"

一旁看着这一幕的余枳忍不住和黎君槐对视了一眼，默默地埋下头狂吃，两人现在的黏腻程度，完全像是十五六岁刚谈恋爱的样子，眼里哪里还容得下别人。

　　饭后，魏宁安送千嘉回去，至于黎君槐，今天根本就没有开车过来，自然就直接上了余枳的车。

第六章

| 密密心思，许你一人 |

先前她是种错了地方的种子，在彻底腐烂之前，她要离开那儿，找一片真正适合她的土壤

01

这次去南海还有几个随行的同事，只是没想到会在机场遇见继许。

余枳当时正好因为来得早，坐在候机室等人，继许就是这个时候出现，带着行李，带着一个随行的秘书，从她旁边经过，像是没有看见她似的，坐在她正前方的位置。

她发现，他这段时间好像瘦了不少，要说先前对继许没有半点感情，显然是不可能的，只是再这么忽然遇见，她竟然能够这样毫

无波澜，大概是因为真的不爱了吧。

随着同事陆陆续续到来，余枳也没有在这个事情上多想，反正现在继家和她已经没有半点关系。

先前她是种错了地方的种子，在彻底腐烂之前，她要离开那儿，找一片真正适合她的土壤。

南海之行并不是那么顺利，几人降落在三亚的当天台风来袭，导致几人不得不暂时先在三亚落脚。

这座海滨城市是旅游胜地，不过在台风的影响下照样还是脆弱的，现在已经是十月底，还来了一场台风，倒也并不多见。

半夜接到继许的电话，问她愿不愿意出去走走。

余枳没有答应，在结婚时候，都没有这样亲密过的人，离婚后就更加没有必要了。

这一点上，她认识得很清楚，也不可能停滞不前。

她烦闷地躺在床上，想了想，给黎君槐打了个电话，千嘉和继许的关系向来不尴不尬，和她说了，她说不定会飞到三亚来骂继许一顿，黎君槐倒是一个很好的倾诉对象，或许连她自己都没有意识到，她对黎君槐的依赖和信任，已经在悄悄生长。

"什么事？"黎君槐一如既往的公事公办。

余枳倒是不介意，黎君槐在她看来，已经从一只老虎变成了一只纸老虎，也就样子吓人，其实什么威都没有。

"闲得无聊找你说会话。"余枳漫不经心地说。

果然，黎君槐那边不但没有生气，反倒说："那你说吧，我听着。"

余枳无奈地笑了笑，问道："黎君槐，有没有人说过你很无趣啊。"

"还好，至少在你刚才之前还没有听到过。"

"那可能是李召不敢说。"余枳笃定地评价。

黎君槐并不习惯和别人探讨自己，多少觉得余枳大半夜打电话来有些奇怪，遂随口问："你不是应该在出差的路上吗？"

"对啊，可惜天有不测风云，我现在正困在三亚，等着什么候风和日丽，再出发。"余枳看了看外面还在猎猎刮着的台风，其实这次的风力并不算大，从下午开始到现在，已经差不多结束了，只是为了安全着想，大家并不想冒这个险。

"你是去南海出差？"

余枳想了想："对啊，我没跟你说吗？"

"没有。"

"那我现在说了。"说着，余枳忽然想到什么，"对了，黎君槐，回去友情出演一下我的模特吧。"

"你说什么？"黎君槐显然被这个提议吓了一跳，连说话的声音都慢了半拍。

余枳躺在酒店的躺椅上，严肃且认真地解释："我打算拍一组人物的照片，就你和你那些小动物的，用作马上就要在上关市举办的摄影展作品。"

"你去找李召。"想到拍照，黎君槐就觉得头疼，本能地拒绝。

对于这事，余枳还是有自己的坚持："不行的，李召没有你好看。"

还是第一次有人夸他好看，不知怎的，黎君槐居然被说得有那么一丁点的害羞，反问道："你就是为了说这些事，才特意打电话过来？"

余枳被问得有些不好意思，其实是因为继许忽然打电话来，心里莫名地有些郁闷，一下不知道找谁去说，翻了半天通讯录实在找不出别人来，而打了电话一下又不知道应该说什么，才东拉西扯地说着这些。

"是因为心情郁闷。"余枳诚实地回答。

黎君槐看了看时间，已经将近十一点，提醒道："你应该睡觉了，回来请你到我家做客。"

余枳这才发现，确实到了她平时睡觉的点，没细想黎君槐怎么会知道，却还是挂了电话。

缩在躺椅上看着被风撞得直响的窗户，黎君槐并不是一个好的聊天对象，但是不知道为什么，她觉得和他说完全没有压力，不用顾虑其他，不过，在他面前出过那么多次丑，好像也没有什么好顾虑的了。

台风整整刮了一个晚上之后，第二天太阳如期地出现，那场过境台风，除了卷起了满地的树叶以外，并没有任何痕迹。

坐着租用的渔家小船去往南海的小岛上，那里也是旅游盛地，可以租用直升机用作俯拍，余枳决定去试一试。

南海的水很蓝，因为已经靠近赤道，太阳总是有些过分的灼热，烫得人恨不得一刻不出现地躲在船舱里。

余枳倒是不觉得有什么，从船出发开始，她就一直站在甲板上，虽然说这次的主题是南海，其实也就是选了两三个岛，然后围着它们拍摄。

本来人也多，大家分别住在岛上的招待所里，倒是节省了不少时间，何况这次余枳还是任务之外被孔之休加进来的，事情自然不会多到哪里去。

早在之前余枳就来过南海，在这边逗留了将近大半个月，拍摄了一组照片用作了《注徊》的封面，就凭那组照片，她在《注徊》才算是真正地站稳了脚跟，不过在那不久之后，她就和继许结婚，再后来这次再来，居然是在和继许离婚之后。

她倒不是伤感，只是觉得那几年就好像是做了一场梦一般，现在梦醒了，幸好她还是她。

02

南海的拍摄并不困难，几个人大概花了一个星期，差不多就将全部的拍摄都完成了。

回去的路上，余枳特意提前和黎君槐说了一声，虽然在三亚的那个电话最初的目的并不是那样，不过既然黎君槐已经说了要请她吃饭，那她哪有不去蹭一顿的道理。

几经辗转，终于到达上关的时候，正好是晚上六点多，余枳一出机场口，就看见黎君槐在那儿等着。

长得高的好处在于——醒目，一眼就能看见他在哪儿。

黎君槐显然也看到了她，走过来顺势接过她的行李，朝她身边的同事点头示意了一下。

同行的同事对于余枳离婚的事情也有所耳闻，不过余枳向来低调，大家也就自觉地没有在背后议论，倒是现在，看着又是来机场接人，又是拿东西的黎君槐，忍不住多了句嘴："余摄，怎么也不给我们介绍介绍？"

余枳看了看同事，又看了看黎君槐，知道他们一定是误会了，反倒坦然地笑着解释："我朋友，黎君槐。"

众人也知道余枳从来不喜欢谈论这些隐私问题，也就没有追问，何况他们本来也就不是什么八卦的人。

上车后，余枳往副驾驶一座，不好意思地解释："其实我打电话只是想让你提前准备好饭菜，也没让你来机场接我。"

"因为他们？"黎君槐反问。

"啊？"余枳有些摸不着头脑，就听见黎君槐再次开口："因为怕他们觉得你和我有什么。"

余枳没想到黎君槐会往这方面想，想起刚才的情况，她解释得确实不多，但好像完全没有这方面的意思吧。

"嗨，我只是懒得和他们解释，毕竟以前还从来没有遇见过。"

黎君槐审视般盯着余枳看了半晌，最终还是什么都没有说，转头直接开车从机场离开。

余枳以为只要一回去，稍微热一下菜就可以吃饭，却没想到，黎君槐直接将车开到超市，左挑右选买了一大堆菜，这才往小区赶。

余枳干脆先提着行李回了趟自己家，放了行李再慢悠悠地去黎君槐家。

看着黎君槐手上那些原汁原味的菜，余枳毫不见外地往沙发上一瘫，嘴里不满地抱怨着："黎君槐，我本来还以为你挺有诚意请我吃饭，现在看来是我想多了。"

黎君槐看了一眼余枳，笑了笑，告诉她："冰箱里有酸奶和苹果，还有两杯布丁。"

一听原来还有吃的，余枳立马有了精神，直接从沙发上跳起来，三步并作两步地跑到冰箱面前，毫不客气地从里面拿出布丁和酸奶，顺便就将苹果丢给黎君槐："帮我洗一下。"然后盘腿坐在沙发上准备开吃。

黎君槐看了眼手边的苹果，无奈地摇了摇头，伸手拿过来洗了，随便拿了个碗装着，给余枳放在茶几够得着的地方，继续回厨房做饭。

半个小时后，就已经有香味从厨房传来，余枳正趴在黎君槐的沙发上看着前几次从他书房拿出来的小说，因为太过入神倒是没有闻出来，直到黎君槐在她身后站了老半天，忍不住说了句"你看书还真慢"，她才反应过来。

"我这叫细嚼慢咽，何况谁让你家只有英文版，我能够看懂就已经很不错了。"余枳赶紧调整了一下姿势，理直气壮地解释。

黎君槐倒也没打击她，出言提醒："饭好了。"

一听饭好了，余枳才闻到满屋子的香味，迅速扔下书，跑到饭桌前，看着一桌的饭菜，满意地夸赞："黎君槐，你要是不干现在这行，还可以当个厨师呢。"

"那不行，我怕秦院长派人去后厨抓人。"黎君槐一本正经地给余枳盛饭，嘴里却难得开了句玩笑。

余枳配合地笑了笑，迫不及待地接过黎君槐手里的碗，开吃！

有一点她必须承认，黎君槐的手艺在马拉维那样的地方没有展现出来，但是回国之后，简直获得了翻天覆地的进步。

余枳和孔之休提了一下摄影展的事情，这个摄影展已经连续给她发了两年的邀请，再不去显然有些故意摆架子，不过既然是《注徊》的摄影师，还是有必要和孔之休说一下。

孔之休没有什么意见，只是让她将《注徊》的封面在印刷前修好，别的事情，由她自己怎么安排。

她虽然是《注徊》的摄影师，但实际上，杂志社这边对摄影师的强制性并不高，何况这样的摄影展，参加对余枳来说并不是什么坏事。

既然这样，余枳就利用孔之休还没有将照片选出来的空隙，简单做了一下规划，然后去找黎君槐。

黎君槐一下班回家就看见站在门口提着一条活鱼的余枳，什么也没问，直接开门让她进去。

　　余枳进去后，将手上的鱼往水池里一丢，然后站在门口等着黎君槐过来。

　　黎君槐将身上那套衣服换下，开始动手做饭，看了一眼余枳，说道："不是说过有事直接和我说吗？"

　　"我说过了啊，这是谢礼。"余枳笑嘻嘻地指着那条鱼说。

　　黎君槐看了看那条鱼，无奈地摇了摇头，到底是给他谢礼，还是他给她谢礼，却也想起来是什么事："那件事我好像还没答应吧？"

　　"你不是说只要说了都会答应吗，何况现在你都已经收下我的谢礼了。"余枳理直气壮地说着，眼里闪过一丝狡黠。

　　见黎君槐没有再反驳，余枳这才乐呵呵地走过去帮忙打着下手，虽说今天的目的是来说这件事，当然还有一个原因就是吃了几天的外卖之后，开始怀念黎君槐的手艺了。

　　饭后，两人简单地商量了一下时间，正好黎君槐这两天要去一下林区，那边有一批准备放养的小动物，正在做最后的调整和训练，同时有几株新长出来的小树苗，也要做些防护工作，余枳就想干脆把地点放在那边。

　　简单地带着些东西，余枳就跟着黎君槐一起去了林区，这次只有他们两个人，林区那边还有几个下派的研究员，人手上倒也充足。

想起上次去林区差点迷路的事，余枳忍不住不放心地问："这次能不能稍微配合我一点？"

"嗯？"黎君槐微微转头看了她一眼。

"我不想拍着拍着人又不见了。"余枳撇了撇嘴，闷闷地说着，样子委屈得很。

黎君槐想起上次余枳摔成的狼狈样子，心里一揪，认真地保证："放心，这次拿了谢礼，没有不配合的道理。"

"看来贿赂还真不是白送的。"

……

两人就这么有一搭没一搭地聊着到了林区，林区还是之前的守林人两口子，看到是黎君槐，相当热情，黎君槐之前已经和这边说过，倒也不至于让他们手忙脚乱。

他们告诉黎君槐，这段时间，从北方南飞的候鸟在林区的那片湖里住下了。

黎君槐离开了好几年，今年也是刚回来接手这边的事情，当年他去马拉维的时候，林区这边才刚刚因为砍伐过度而被保护起来，倒是没有见过成群候鸟停留在这边的场景。

余枳倒是很期待，她拜在齐老师门下。齐老师的摄影风格讲究大气，多是一些大场景，余枳学习的时候自然也就顺其自然地学了下来。

所以，关于人像的摄影也好，还是动态的摄影，余枳没有侧重往哪方面靠，所以虽然拍摄得不错，却多少是存在欠缺。

不过这几年，余枳倒是想要有一些新的突破，毕竟她不是齐老师那样真正豁达宽广的人，哪怕是学，也总是觉得欠缺两分。

之前她也和孔之休提过，不过孔之休觉得《注徊》的风格是经过时间积累沉淀下来的，不可能忽然换掉，何况她的大场景拍摄上，和齐老师不相上下，没必要换风格。

这次能够答应摄影展，余枳其实也是想换个平台，创作一些不一样的东西。孔之休知道，虽然没有阻拦，心里多少还是有些担忧的，所以对于这次的拍摄，余枳格外谨慎。

黎君槐自然看出了余枳的心思，上次余枳是和研究院合作的拍摄，大多还是存在一些要求，这次为了摄影展的拍摄，更多的是有一些自己的想法。

这次黎君槐的工作任务本来就不重，做什么也就优先配合余枳那边，虽然一开始多少有些不适应，不过时间久了，倒也就没觉得有什么了。

余枳拍摄完之后，直接在湖边的草地上坐下，也不管干不干净，半仰着头眯着眼睛看着不远处偶尔飞过的候鸟，享受着秋日的阳光。

这个时候的太阳已经远没有晒意，暖洋洋地打在脸上，倒是舒服得很。

余枳忽然感叹："你知道我为什么会这么喜欢这份工作吗？"

黎君槐应了一声，并不多问。

"因为，我每次去一个地方的时候，总能发现惊喜，我曾经在海里看见成群的海豚相伴而行，后来我在西藏看见一只老羚羊一直守在它已经死去的孩子身边，久久不肯离开，不过那些照片孔主编觉得不符合主题，也就没用。"

"那马拉维呢，给你什么惊喜？"黎君槐忽然想知道他们初见的马拉维，带给了她什么。

余枳想了想，笃定地回答："人与动物的和谐，不管是保护站责任在身的你们，还是那些普普通通的人，他们对于动物，有一种莫名的包容，这一点我很欣赏。"

"如果齐老师不收我做学生的话，说不定现在我们可能是同事。"余枳转头看向黎君槐，眼里满是欣赏。

黎君槐没有回答，只是躺在草地上闭着眼睛，晒着太阳，不仔细看，没有人会发现他微微有些弧度的嘴角带着笑意。

耳边传来相机快门的声音，黎君槐本能地睁开眼，发现余枳已经在审视刚才的那张照片了，还忍不住夸赞："黎君槐，没想到你还是挺上相的嘛。"

"嗯？"黎君槐坐起来看了看那张照片，"这次怎么不着急删掉了？"

余枳想起上次无意照的那张照片，不禁脸红，却还是反驳："上次是无意拍到，担心你会生气，这次我是提前说过的，当然没有什么好藏着的。"

黎君槐也不计较，却已经起身，朝着下一个目的地走去。

虽然说是余枳邀请黎君槐当自己拍摄的主角，到最后，其实和上次跟拍差不多，只不过是从一群人，变成了一个人。

余枳还是没有打扰黎君槐的工作，只是偶尔可能会要黎君槐配合一下，黎君槐也没说什么，总的来说，拍摄过程很顺利。

回来的时候，正好守林人说晒了一些野蘑菇什么的让他们带回去。

余枳不会做，就顺势推给黎君槐，说是什么时候有空，再去他家一起吃就好。

黎君槐怎么会不知道她那点心思，最终却什么都没说，接过余枳硬塞过来的两袋蘑菇。

余枳所有的照片黎君槐都看过，所以在余枳告诉他最后选的那几张的时候，忍不住问："为什么还把马拉维的照片给放进去了？"

余枳看了看那张照片，是在马拉维的时候，黎君槐同意她再次去拍大象的时候拍的，当时也是无意识地将黎君槐拍了进去，后来选照片的时候发现还不错，就收了进去。

"觉得风格符合就一块给放了进去，不会告我侵犯你肖像权吧？"余枳反问。

黎君槐轻笑一声，难得开次玩笑："我这勉强算是为研究院牺牲。"

知道黎君槐是指上次研究院的那些照片，不过那是看在齐老师和秦院长的交情上送的，不过既然黎君槐不追究，余枳也就乐得让他这么想。

03

这几天开始降温，研究院这几天好像挺忙的，那些养在研究院的倒是不用担心，而是今年年初开春之后，有几组研究院放生的物种是第一年过冬天，担心一下可能没办法适应外界的生存。

黎君槐作为研究院的专家，这种时候，当然也是要细心观察每一组的生活状态，至少不能让它们白白死亡。

　　难得能在下班的时候看见黎君槐的车停在杂志社楼下，在这之前，两人已经有大半个月没有见过面了。

　　余枳今天穿了件还算厚的线衫，但还是觉得有些冷，毕竟过不了几天就要立冬了，哪怕上关气候全年差不多恒温，却还是多少有几分冬天的凉意。

　　"你今天怎么有空了？听秦伯说，你们研究院最近不是都挺忙的吗？"余枳将包往后座一放，扯了张纸擤了擤鼻子。

　　黎君槐一边开车，一边回答她的问题："腿有点受不住，秦院长放了我一天假，刚从医院回来。"

　　关于他腿的事情，余枳曾经旁敲侧击地问过李召，也问过他，不过他好像从来不打算说明，这次他主动提出来，倒还是让她有些意外。

　　"受不了冻？"余枳犹豫着问道。

　　"嗯。"黎君槐点了点头，"当年的伤擦伤了神经，要不是当时手术成功，这条腿很有可能残废，不过就算医生已经尽力去治，冬天稍微一受寒，还是会有些酸酸作痛。"

　　余枳点了点头，没有穷追不舍地问下去，黎君槐愿意谈及这条腿的事情，就说明黎君槐是信任她的，可是想到黎君槐一开始的隐瞒，那就说明这件事情对于黎君槐来说，不是轻松的。

余柯来找她倒是很少见的事情，余枳和他的关系向来不怎么好，这倒也能理解，一个集万千宠爱于一身的弟弟，和一个从小因为他而被指着鼻梁骂的姐姐，能有多好的关系。

"你来这里干什么？"余枳有些讶异他怎么会找来这里。

余柯指着她身后的黎君槐，愤怒地问余枳："就是他吧，是不是因为你被这个男人勾引了，所以才要和姐夫离婚？"

"余柯你在胡说什么？"余枳心虚地埋着头瞥了眼黎君槐，板着脸正经地解释，"我离婚和他没有半点关系。"

余柯听不进去地冷哼一声："我可都听说了，你因为他还被姐夫打了一巴掌，难道不是因为他，姐夫才被气得和你离婚的？"

黎君槐还在旁边，余枳被他一口一个"姐夫"给惹得生气了，毕竟这件事情完全和黎君槐没有任何关系，相反，黎君槐还是被她硬扯进来的。

"我和继许离婚，和他没有半点关系，倒是你需要弄明白，继许已经不是你姐夫了。"

"那还不是因为他。"余柯愤怒地指着黎君槐。

余枳想来是余柯听说了她和继许的事情，他和继许的关系还算可以，这会儿义字当头，来找她说清楚，却没想到正好撞见黎君槐在这儿，自然将气撒在黎君槐身上。

她刚准备开口和余柯说清楚，却没想到余柯的拳头居然已经直接挥了过来，朝黎君槐打去，连拦都没有拦住。

余柯并不比黎君槐矮多少，更加重要的是，余柯读书时唯一学会的就是打架，何况黎君槐的腿伤最近犯了，又顾忌他是余枳的弟弟，这样的情况，不管怎么看，那都是黎君槐占着下风。

看着扭在地上的两人，余枳下意识地想要将他们分开，无奈余柯今天不知道吃错了什么药，非要将气往黎君槐身上撒，怎么都拉不住。

最终余枳实在没办法，只得将包使劲一扬，砸在余柯的头上，余枳今天的包并没有什么金属物品，不会砸伤人，却是把余柯砸得愣了一下。

趁着这个空隙，余枳将被按在地上的黎君槐给拉了起来，扶着他谨慎地看着余柯，教育着："你这是在发什么疯，我和继许离婚的事情，和谁都没有关系，收起你那点痞气，继氏给了你多少好处，值得你这么豁出去？！"

"我不和你吵。"余柯生气地捂着头，却还是对余枳有些畏惧，余枳刚才那下并不轻，显然把他打疼了，他却也不敢真的对余枳做什么，只得冷哼一声，指着黎君槐，"别以为我看不出来你对我姐的那点心思。"说完，大步离开。

待余柯走远，余枳才转头去看黎君槐，发觉他大半的重力都压在她身上。

"黎君槐，你没事吧？"余枳心里忽然一慌，刚才余柯出手太快她倒是没有看清楚，不过地上扭打那会儿，不知道有没有伤到腿。

黎君槐忍得有些脸红，语气却还是控制着该有的沉稳："别动，等我缓一会儿。"

虽然担忧，却也只能听黎君槐的，不过她已经猜到了，余柯刚才可能真的不注意弄伤了他的腿。

过了半晌，肩上的人才开始有动静，黎君槐几乎近在耳边的声音对她说："开车送我去医院。"

余枳立即反应过来，小心翼翼地扶着黎君槐上车，拿过车钥匙绕到驾驶室，分秒不停地开车往医院赶。

医生显然认识黎君槐，见余枳扶着他进来，多少也猜到了几分，不用黎君槐开口，已经蹲下去轻轻撩起黎君槐的裤脚，检查伤口。

随着时间的推移，医生的脸色越来越沉，最后爆发："怎么会弄成这样？！"

余枳被他突如其来的问题吓得一愣，反应过来后咬着唇，怯生生地解释："我弟弟和他打了一架。"

"什么，打了一架？"

余枳被吓得一抖，赶紧埋下头，不敢直视那个医生。

倒是黎君槐实在看不下去了，冲着医生不耐烦地说："你就直接说，到底有多严重。"

"有多……"

"余枳，你先出去一会儿吧。"

医生刚说了两个字，就被黎君槐打断，他知道余枳现在已经很内疚了，他担心这医生口无遮拦，说出情况之后，更加让她担忧。

以为黎君槐是不想让她知道他的病情，余枳虽然担忧，却也还是照着他的话出去了，还小心地替他们关上了门诊室的门。

大概聊了半个小时之后，医生从里面出来，拿着病历单让余枳去药房拿药，回来的时候，黎君槐已经躺在病床上了。

将药交给护士，等着护士做好处理之后，看着坐在病床上的黎君槐，余枳忍不住埋怨："你又不是打不过余柯，非要让着那小子做什么？"

"他是你弟弟。"黎君槐解释，他知道余枳担心他腿，所以他必须解释清楚，"因为他是你的家人，不管怎么样，我都是需要尊重的。"

余枳听他这么说，本能地抬起头，眼神毫不避讳地看着黎君槐，因为是她的家人，他就必须尊重？明明对方只是表达了他的观点，可她居然莫名地有些感动。

"那你也不能由着他打。"余枳反驳，相较于黎君槐话里带来的感动，她更加担心黎君槐的腿。

黎君槐看了眼余枳，忽然开口轻笑一声："你不用太担心我，只是因为本来就疼，加上他无意撞了一下，才一下适应不来，还不至于残废。"

"你难道不觉得很生气吗"余枳皱着眉，疑惑地看着黎君槐，"这件事情本来就和你没有任何关系，无缘无故被打一顿，你心里应该很不好受才是啊。"

"无缘无故？"黎君槐点了点头揣摩着这个事情，忽然正色道，"也不算是无缘无故。"

余枳疑惑地看向他，揣测着他话里的意思，直到听见他说："余枳，我也不清楚是从什么时候开始，但是我更加不想藏着自己心里那个有些龌龊的想法，能做这些，包括对你，只是因为我是真的想要照顾你，在以后。"

"黎君槐……"

黎君槐打断了她的话："我知道你刚离婚不久，现在说这些多少有点乘虚而入的意思，也知道你可能会说，没办法一下子再接受一段感情，今天说这些，只是想让你知道，我愿意照顾你，也希望在你以后的任何时候，我有足够的理由将你护在身后。"

他没有说我喜欢你，更没有说我爱你，甚至连一句表达感情的情话都没有说，可是不知道为什么，余枳鼻尖忽然一酸，眼眶瞬间红了。

这些天里，她一直受着黎君槐的照顾，从淋雨感冒，到后来的每一次心情不好，可她现在真的能够重新整理心思，接受另一个人吗，她做不到，也对黎君槐不公平。

至少现在她对于黎君槐的感情还是模糊的，她没办法在这种情况下回应黎君槐这份其实很纯粹的感情，也担心可能会辜负黎君槐。

余枳眼神闪躲地埋着头："黎君槐，谢谢你，可我现在……"

"我理解。"黎君槐知道她现在很为难，所以并没有等她说完，"我现在说这些，不是一定要你回答什么，而是想让你知道，你不是孤孤单单的一个人。"

"谢谢。"余枳沉默了好半天，也只说出了这两个字。

　　"先别急着道谢，你也应该知道，我其实也没有多少时间，可以等你三年五年。"

　　本来还说去黎君槐家里吃饭的，却没想到最终变成了现在这样，余柯的出现是个意外，黎君槐的突然告白，也是意外。

　　这么多的意外，她还没有办法找个人说，看了看黎君槐的腿，余枳说道："我出去走会儿，你有事打我电话。"

　　再这样和黎君槐待在一个病房里，余枳多少还是有些不自在，哪怕黎君槐没有给她任何压力。

　　再回病房的时候，黎君槐已经睡着了，药水里面有镇静的作用，睡着也是在情理之中，余枳看了看黎君槐腿伤的位置，盖着被子，虽然看不出什么，但是余枳知道已经肿了起来。

　　她刚刚出去问了一下医生才知道，原来黎君槐当年的腿其实是伤到过神经，又造成了大出血，半月板又曾经伤过，有很长一段时间，黎君槐的腿甚至是麻木的，要不是后来病情控制得好，加上黎君槐又配合治疗，很有可能连路都不能走。

　　哪怕这些事情余枳早就猜到，不然当初李召也不是那么紧张他的腿伤，可知道的时候还是有些震惊。

黎君槐从来不把这些挂在嘴上，有时候就算很疼脸上也表现得无所谓，对于他的腿伤，在他看来就是一次简单的摔伤，一点都不重视。

　　余枳深深地叹了口气，这个人明明可以将别人照顾得那么好，对于自己的事却这么不上心。

　　想起他晚上说的那些话，余枳心里免不了有些乱，一段失败的婚姻要说对她没有任何打击那是不可能的，她不可能将所有的原因都归咎在继许身上，所以她现在没办法在还没有准备好的时候，开始另一段感情。

　　余枳早上回了趟家，简单地收拾了一下自己，在去上班之前再去了一次医院，给黎君槐送了早餐，顺便帮他跟秦院长请个假。

　　黎君槐没有提过昨晚说的那个事情，对她的态度和之前也没有什么变化，这倒是让余枳轻松不少。

04

　　余枳中午再过去的时候，黎君槐正准备出院。

　　"你现在腿什么情况你自己应该知道，我已经替你和秦院长请假了，何况那边不是还有李召吗？"余枳显然有些生气，但这生气中明显带着担心。

黎君槐本能地想要反驳，可看到余枳脸上的担忧，又深深地咽了回去，昨晚还在想说了那些话之后，会不会吓到余枳，以至于今天早上，都谨慎着不敢有所表现，不过现在看来——还好。

说起来，还真是奇怪，是什么时候开始，她已经变成了必须想要照顾的一部分。

第一眼看到的时候，他并不看好这个看上去并没有什么干劲的她，觉得秦院长托他照顾她，就是在浪费自己的时间，却没想到，当晚她就主动提出不需要他跟着；在溺水那天，正好那个潜具店的老板他认识，和他说了一声，只是没想到他一过去，就看见那样一幕；再后来，他从魏宁安那边听说她接酒吧的单，居然是为了还钱……

从认识她开始她好像就一直给他惊喜，而越接触，让他困惑的东西就越多，直到知道她居然是继许的太太。

听着她自嘲般地贬低自己，他其实本来想要反驳，她请求他不要将事情说出去的时候，他发现，她现在拥有的一切，于她或许是一种负担。

至于后来听说她受伤在医院，听说她搬到自己小区旁边，说不上是早有预料，却也并不意外。

见她发烧，他心疼，看她被打，他愤怒，他才意识到，不知何时，她已经变得重要，重要到能够左右他的情绪。

在大学简单谈过一次恋爱之后再无心动的他，不确定这是不是所谓的爱，却知道自己变得紧张她，这种感觉并不强烈，却又好像割舍不得。

最终，黎君槐在余枳的强硬态度下妥协，不得不又住院观察了一下午，晚上是余枳来接的他，将他送回家里，正好撞见等在他家门口的魏宁安。

"怎么回事？"魏宁安看着半靠在余枳身上的黎君槐，问道。

余枳还在为他中午私自出院的事情生气，不情愿地回答："被打还不还手，结果腿断了。"

魏宁安直接伸腿碰了碰黎君槐，见他疼得闷哼一声，忍不住笑着说："还真是啊。"

"还要不要进去？"黎君槐不满地问，示意余枳赶快开门，不要理这个神经病。

余枳无奈地摇着头，从黎君槐的包里拿出钥匙，熟门熟路地开门进去。

魏宁安何等聪明，只消一眼就看出两人关系匪浅，虽然说他曾经一度怀疑过黎君槐是不是不喜欢女的，不过后来大学黎君槐就推翻了他的猜测，可就算是那段因为黎君槐去警校而和平分手的恋爱，也没见那个女的和黎君槐这么亲近过啊。

"我怎么没听说，你们的关系这么好啊？"魏宁安半倚在门口，意味深长地笑着。

余枳因为太渴正给自己倒了一杯水，被这一问，险些呛到，咳了几声，悄悄看了眼黎君槐，想起他昨晚的那些话，赶紧放下水杯："我还有事就先走了。"

现在魏宁安在，应该足够照顾好黎君槐，那她也就没有必要待在这里，何况魏宁安是什么人啊，那意味深长的笑容，让她觉得和黎君槐之间好像真有什么不可告人的事。

魏宁安看着拔腿就跑的余枳，更加相信了自己的怀疑，反正总有一个跑不掉，倒也不拦着余枳。

这不，余枳一走，魏宁安就笑嘻嘻地凑到黎君槐跟前："是你自己说，还是我严刑逼供？"

黎君槐抬眸看了一眼魏宁安，淡淡地说："你不是知道吗，她现在住在旁边小区。"

"这我当然知道。"魏宁安挑了挑眉，"我要问的可不是这个。"

"别的以后再说。"为了避免魏宁安一直问个不停，黎君槐半扶着墙转身朝着卧室走去，在医院躺了一天一夜，他必须回来洗个澡。

看来有戏，心里有个底，魏宁安也就不多问，给黎君槐叫了外卖，等着送到了就一起吃，本来过来是想要蹭饭的，却没想到最后还是逃不掉叫外卖的命运。

此后，黎君槐没有主动联系她，好像真的是给她足够的时间，让她整理收拾好心情，如此，余枳也就没有找黎君槐。

前面的十几年都是在为了别人而活，突然出现一个人说要照顾她，不可能不感动，只是感动之外，她已经不是一个毛头小丫头，不可能因为一时感动就不计后果。

黎君槐对她的感情，她能够感受到，而她自己呢，对于黎君槐，她又是什么样的感觉，她需要想清楚。

这几天杂志社倒是有些忙，外头的编辑每天都像是战斗机一样疯狂工作着，反倒是她这里，像是成了杂志社的世外桃源。

孔之休端着一杯咖啡进来的时候，余枳正好在修摄影展的照片，作为《注徊》的首席摄影师，自然是在邀请之列，相比较前两次摄影展那些奇幻绚丽的风景照，这一次她打算把整个色调都弄成暖暖的，让人看上去就心尖温热的感觉。

"你倒是会偷懒，知道他们不会来这儿找你。"余枳看了眼外面的同事，评价着孔之休的行为。

孔之休喝了一口咖啡，不慌不急地说："哪次印刷前不是忙成这样，总不能每次都非要我吧，何况我都已经连着加了好几天的班了，也总得让我休息一下吧。"

余枳连忙摇头附和着："那可不行啊，您是我们《注徊》的心脏，我们《注徊》未来的每一步都不能少了你。"

"也就你敢在我面前这么说。"孔之休叹了口气，当初他愿意放手是因为看出余枳对于继家的感情，却没想到，他放手了，她却离婚了。

余枳嘿嘿地笑了笑："那是因为我无惧无畏，不像外面那些，拼了命也要让你看到他们的努力。"

孔之休也不和她说笑，转而认真地说起来的目的："在新的主题讨论出来之前，你应该有很长一段时间修摄影展的作品，可别让别的摄影师把你给比下去。"

"生死由命，富贵在天，你这么说就太功利了。"余枳嫌弃地摇了摇头，却在下一秒认真地说，"放心，不会给《注徊》丢脸的。"

孔之休没有再啰唆，深深地看了眼余枳，转身离开。他没有说，余枳这两天有些心神不宁，好像在为什么事情而苦恼，不过这都是她的事情，他没有必要去问。

第七章

| 寻由不见，却知其果 |

那个地方，她已经去过两次，第一次她
满怀幻想，第二次她心身释然，而这次，
她平静心安

01

摄影展的时间是明年一月底，从时间上来看，并没有多紧张，何况孔之休还给她留了很多时间，倒也不会太忙。

千阿姨听说余枳离婚的事情，倒是难得没有按着平时火暴的性子去找继家，反倒是说让她和千嘉一块出去玩玩。

接到千嘉电话的时候，余枳正好在修图，屏幕上黎君槐正温柔且小心翼翼地关注着大象，以免在它忽然暴躁的时候能够安抚住它。

本来离婚的事情，余枳并不打算让千阿姨知道，毕竟继家和千家多少有些商业合作，抬头不见低头见的，就凭千阿姨的性子，还不知道会闹出什么事情来，不过现在看来好像并没有那些事情。

"什么时候去？"余枳盯着电脑屏幕，淡淡地问。

"过几天，这个月底。"千嘉说，"我妈让秘书安排的，地点定在一个小岛上，我妈说那里是个疗伤圣地，估计是当年自己也去过。"

余枳看了看时间安排，孔之休这个月安排给她的事情已经做完，在月底之前倒是不会再有什么事情，时间上倒是没有什么冲突。

"那行吧，我知道了。"

千嘉叹了口气，略微埋怨地说："我妈对你就是比对我这个亲女儿还好，我失恋她可从来不这么对我的。"

余枳笑着打趣："因为按你之前失恋的频率来，阿姨担心家里可能会因此破产。"

千嘉不服气地哼了一声，也没和余枳闲聊几句，毕竟公司还有一大堆的事情要忙，想起当初一时冲动在千总面前发了毒誓的她，现在恨不得回去扇自己一巴掌。

时间一晃，就到了十一月底，余枳倒也没有辜负千阿姨的关心，和千嘉两个人准时地去了那座小岛。

岛在赤道附近，就凭天气来看，都是一个适合疗伤的地方，岛上种满了各色的花，随便往哪儿一走，都是风景。

　　其实和继许的结果哪用得着花费这些来疗伤，有事情早就预见结果，到来时，也就没有那么多的失望，不过能够出来旅游放松一下，也未尝不可。

　　千嘉倒是比她兴奋得多，她们俩很少这样出去玩，毕竟两人很少能够找到大家都没有事的时间，在认识魏宁安之前的千嘉能够找到人就不错了，哪里还有别的时间啊。

　　不过，千嘉能够甩下魏宁安来陪她，她还是有些意外的，毕竟两人现在正在热恋期，哪会舍得分开啊。

　　果然，刚一下飞机，魏宁安的电话就打来了，千嘉笑嘻嘻地接着电话，使劲安慰着那个留守上关的人。

　　两人几经辗转到了酒店，千嘉往床上一躺，倒头就睡，余枳无奈地摇了摇头，收拾了一下行李，再洗了个澡，就已经过去了好几个小时，想着要不要出去吃点，可千嘉还在睡，余枳也就干脆躺了一会儿，等着千嘉醒过来。

　　千嘉醒过来的时候，已经是下午的六点，大概是饿醒的，一醒来就不管不顾扯着余枳说要出去吃东西。

　　两人一商量，还是决定去海边的饭店，能够看着海景，顺便吃着东西，倒也惬意。

虽说余枳一年四季都在外面玩，什么样的景象没有见过，不过以前每次多多少少还是带着些任务的成分在里面，自然不会像这次这样惬意。

"听说你接受了这次摄影展的邀请。"两人站在小岛的某个高处，面前是宽阔无垠的大海，身后是万紫千红的花海，千嘉忽然问道。

余枳被问得一怔，随即反应过来，浅笑着点头："是的，毕竟这已经是第三次邀请，再不去恐怕真的会被大家说耍大牌的。"

"耍大牌？你现在要真的是继家太太，恐怕就不会怕这种标签了。"千嘉漫不经心地说。

余枳无奈地抿了抿唇，并不介意千嘉谈起继家："林阿姨并不喜欢我在外面抛头露面的工作，我呢，也懒得花心思去看那些报道，倒不如直接说不去。"

"可惜啊，有些人根本就不知道你的那份心。"

余枳浅笑着，看着不远处路过的轮船，没有往下接话，现在来说这些已经都不重要了，当初为了继家做的那些，已经全然成为了过去，也只能成为过去。

她曾经在继家做的那些，是讨好林华也好，还是漫无边际的等待也好，是她心甘情愿的，只是最后结果不理想，怪不得谁。

她是喜欢过继许的，不然也不会什么都不问地嫁了过去，只是后来，那一点点喜欢根本不及抵挡等待一个人的孤寂，不过幸好，幸好还没有彻底陷进去。

余枳忽然想到黎君槐，那个在病房内说要照顾自己的人，那个骨子里其实温柔至极的人，这些天里，黎君槐有邀请过她过去吃饭，可她拒绝了。

先不说两人现在略微尴尬的关系，何况，在她还没有弄清楚真的是因为黎君槐能够照顾她，还是仅仅因为他是黎君槐之前，暂时还是保持下距离。

千嘉见她良久不说话，还以为余枳是因为提起继家的事情，赶紧道歉："对不起，我不应该提起这些的。"

余枳笑了笑："只是忽然想到点事，不是因为他们。"

就算是听她这么说，千嘉还是不放心地多看了几眼，确定真的没事之后，才放下心来，暗自恼怒刚才多嘴。

难得趁着余枳有空，千嘉便缠着余枳让她给自己拍照，要知道，早期千嘉就是余枳用来练手的专属模特。

想着也没事，余枳也就答应下来，反正千嘉这个长相，就算是随便拍两张，也不会丑到哪里去。

只是刚拍了几张，她就接到黎君槐的电话。

"余枳……"

"怎么了？"余枳觉得黎君槐的声音有些奇怪。

那边停顿了好久，就在余枳打算再次开口的时候，才听见黎君槐说了一句："没什么，再见。"

余枳还想再问，可黎君槐已经挂了电话，这时千嘉已经走过来，余枳也没多想，将手机放进口袋。

"谁的电话？"千嘉问。

"一个朋友。"余枳并不打算细说，现在和黎君槐的关系，她并不认为要在这个时候张扬出来。

千嘉也就没有细问，继续按着余枳的要求摆着动作，只是余枳倒是显得有些心不在焉。

黎君槐从来不会没事打她电话，要说打错电话就更加不可能了，刚才那通电话，明明像是有话要说，最后却什么也没说，这一点也不像黎君槐。

可余枳再打电话过去的时候，黎君槐的手机已经关机，想来可能是有事，虽然疑惑却也没有继许打过去。

一直到第二天，黎君槐的电话还是没有打通，余枳这才感觉到事情不对劲，黎君槐虽然不喜欢打电话，但绝对不会这么久都联系不到人，情急之下，她只好往研究院打了个电话，打给秦院长。

"秦伯，黎君槐在研究院吗？"余枳语气焦急，连她自己都没有意识到，声音里微微颤抖。

秦院长那边有些意外，叹了口气，悠悠地说："他们一个星期前出发去我省最北边，李召昨天打来电话，他们被大雪困在了里面，君槐因为腿伤掉队，找了三四个小时才找到的，找到的时候，已经陷入昏迷。"

余枳只觉得心猛地被狠狠撞了一下，随即是扑面而来的担忧，连怎么挂了秦院长的电话她都不知道，她只知道黎君槐现在昏迷，而她，急切地想要回去，至少应该在他身边。

他腿上的伤才刚好，为什么要急忙去山里，而且还要去北边，明明他的腿根本受不得冻啊。

千嘉从外面回来，发现余枳在收拾行李，疑惑地问："不是还有几天吗，你着急收拾行李做什么？"

"我有事现在就要回去！"余枳手上的动作没停，只是转了下头回答千嘉，语气不容抗拒。

"什么意思？"千嘉不明白。

"秦院长说黎君槐现在正在昏迷当中，我不放心。"情急之下，余枳哪还顾得上什么不能说。

千嘉何等聪明，这话一出来，马上听出了重点："你和黎君槐的关系什么时候这么好了？"

"这个……"余枳一下不知道怎么解释，只得说，"我以后再和你好好解释。"

02

余枳回去，千嘉也就不会一个人待在这里，两人一同去了机场，本来千嘉打算说跟着余枳一块过去，可是余枳不让，那边现在恐怕还在下着雪，两人本来就没带什么衣服过来，她担心千嘉感冒。

这样，千嘉也不强求，说到了上关找了魏宁安再过去找他们。

两人在机场分别，余枳坐着直达飞机去找黎君槐，却因为下雪，飞机延时，到达的时候，已经是深夜十点，按照李召给的地址，找到了黎君槐所在的医院。

从岛上直接回来的她，只穿了一件厚线衫，在上关肯定是足够了，可在这个刚下完雪的城市，就只有受冻的份。

到达医院的时候，余枳的嘴唇都冻到发紫，来接她的李召都被吓了一跳，赶紧带着她往里走，将身上的大衣给她披上。

"余摄影，你这是从哪儿赶过来啊？"

余枳浑身冷得直打哆嗦，咬着牙齿回答："外地，直接赶过来，没想到这么冷。"

李召好奇地问："你怎么知道黎前辈在出差啊？"

余枳勉强地笑了笑，没有精力在这儿和他扯这些，跟着走到黎君槐的病房前，什么都来不及想地直接冲了进去。

看见黎君槐躺在病床上，除了有些虚弱外，一切安好，这一刻，余枳吊着的一颗心才算是完完全全地放了下来。

黎君槐因为她的忽然闯入而睁开眼，打量着她的眼神从惊讶到欣喜，渐渐有些愤怒，最终爆发："谁让你穿这么点就过来的！"

余枳被吓得一怔，眼泪啪嗒啪嗒地就掉了下来，却也不管黎君槐现在是刚醒，还是生气，冲过去，一把抱住黎君槐，嘴里委屈地说着："那也是因为你。"

黎君槐身体明显一僵，显然没有想到余枳会突然跑过来，还说出这样的话，却还是伸手轻轻拍了拍余枳的后背，不忘示意李召去泡包板蓝根。

等余枳的委屈散得差不多了，黎君槐才开口："好了好了，一见到我就哭，不知道的还以为我怎么欺负你了。"

"难道不是在欺负我，好好的上关不待着，非要跑到这里来。"余枳脸上的泪痕还未干，嘟着嘴唇的样子，哪里像是生气，反而委屈得很。

黎君槐无奈地摇了摇头，替她拢了拢衣服，却还是板着脸教训："那你就能穿这么点过来，等下李召给你泡了板蓝根记得喝。"

余枳看了看他，委屈地埋着头，嘴里嘟囔了句"谢谢"。

前面一个人从机场跑过来，又是打车，又是问路，要说不冷绝对是骗人的，不过这会儿在病房里待了会儿，倒是暖和了不少。

相比较于上次，这次黎君槐的腿可算是真的受了重伤，因为长时间寒冷，导致患处疼痛，结果一不小心摔了一跤，滚下山去，幸好被一棵树挡着，不过还是让李召他们找了好久。

黎君槐说明天他就会回上关，其实她没必要赶过来的，可话还没说完，就被她给瞪了回去。

余枳躺在旁边的病床上，李召已经交了床位费，本来是想让余枳去酒店睡的，可余枳不肯，大家也就没辙。

余枳手机响的时候，已经将近凌晨十二点，她不免有些疑惑，这个时候，还有谁会打电话过来？不过下一秒，她就愣住了。

自从和继许离婚之后，两人就再也没有联系过，林华倒是找过她一次，简单了吃了顿饭，跟余枳道了歉，最终却也没有谈她和继许的事。

"喂！"

"余枳，这次我去出差，正好路过希腊，就停了一天，我记得我们刚结婚那会儿，你好像说过你喜欢希腊的。"继许的声音从那边传来，醉意里带着喜悦。

原以为，这样的情况，她应该是愤怒的，却没想到，她只是摇了摇头，淡淡地说："可我现在更喜欢马拉维。"

离开是无可奈何，可人总得向前看。

她并不怪罪继许，却绝不回头，受过一次伤的地方，她就不会再留恋一次。

余枳往病房的方向看了看，心里泛着淡淡的喜悦，有些地方固然好，可如果在那儿会觉得累，那再好也是负担。

继许大概是真的喝醉了，说了那么一句之后，好像睡着了似的，半晌没有声音，最终还是余枳挂了电话。

她想，如果继许没喝醉，断然是不会打这通电话的，他有他的骄傲，否则不会在看到黎君槐的时候，什么都不问就给了她一巴掌，否则前面死活不肯离婚，却在那件事之后，立马同意离婚。

在前面的那些年，她都是羡慕桑云的，如果继许对她有对桑云的十分之一，她想她也不会这么干脆地离婚吧。

不过，在继许说出那些话之后，她就不这么想了。

既然，彼之琼浆，我之砒霜，又何必傻呆呆地端着壶往肚子里灌，既然有得选择，又何必非要往死胡同里撞。

退出去，也许转角就是出口。

听说他们当天就回去，本来已经准备出发的魏宁安和千嘉，最终决定去黎君槐楼下等他们。

研究院给租了辆车过来，从早上出发，也是开到了下午两点才将黎君槐安全送到家，李召本来是要将黎君槐背上楼的，可黎君槐觉得姿势奇怪，果断拒绝了，加上正好看见魏宁安，就让李召回去了。

魏宁安倒是没有像上次一样，试试真假，却也忍不住打着趣："人家出差那是吃好喝好，你出差倒好，断手断脚。"

黎君槐瞥了他一眼，拄着拐杖直接绕过他，往旁边走去，余枳本来还想说什么，却也顾不上，只得跟着黎君槐。

魏宁安倒不会这么善罢甘休，赶紧快步追上去："那我不谈这个，我可是还有好多事情要问你呢。"

这不，几人一进门，就分开，余枳和千嘉一起，魏宁安和黎君槐一起，虽说是分开，倒也还是同在一间客厅里面。

只见魏宁安笑嘻嘻地坐在黎君槐对面，说："现在应该是时候了吧。"

余枳本能地回过头想问什么，最终却被千嘉的眼神止住，乖乖地坐在那儿，等着千嘉发问。

千嘉难得正襟危坐在她对边，一副领导谈判的架势，恨不得严刑逼供，眼神在余枳身上扫了一大圈之后，严肃地说："是不是应该解释一下你们之间的事情了？"

"这……"余枳尴尬地抿了抿唇，小心翼翼地往黎君槐的方向看了看，却没想到，黎君槐也正在看她，眼神里还带着询问。

胶着中，余枳不得不一咬牙，说："没错，我和黎君槐目前是交往关系。"

"什么时候的事？居然还瞒着我们啊。"魏宁安忍不住地追问黎君槐。

黎君槐看了看余枳，嘴角微微笑着，语气里有些得意："刚刚。"

余枳的脸霎时红了，明明有种被耍的感觉，可不知道为什么，心里竟然有些微微的甜，沁润心肺。

千嘉本来还想说什么的，可看了看余枳和黎君槐两人，却也没有什么要问的。既然余枳已经离婚，开始一段新的感情也是情理之中，并没有什么不对的。

　　黎君槐脚受伤，做饭的重任自然就轮不到他。魏宁安说君子远庖厨，不做，千嘉倒是不推辞，只是笑嘻嘻地问余枳："你愿意吃我做的饭吗？"

　　看了看这些人，余枳还是决定自己做饭，虽然比不上黎君槐的手艺，但多少应该比他们俩强。

　　简单地吃了顿饭，他俩也就回去了，余枳收拾碗筷的时候，黎君槐撑着拐杖站在厨房门口，认真地问："是真的想清楚了？"

　　余枳没想到他会这么直白地问出来，却还是点了点头："嗯，想清楚了。"

　　在千嘉提到继家之后，在得知他受伤之后，在继许的那通电话之后，她清醒地意识到，黎君槐，在什么时候已经变得有些重要，知道他受伤，她会担忧，会慌乱无措。

　　黎君槐难得笑出声来，却也不继续问什么，不过，她倒是没让他等多久。

　　余枳连着好些天都是掐着下班的点离开，只是因为要去黎君槐家照顾他。

　　那天当着千嘉和魏宁安的面承认两人在一起之后，余枳也就顺便接下了照顾黎君槐的活儿，用魏宁安的话说，既然现在黎君槐已经有了女朋友，那他也就可以下岗了。

余枳倒是没有说什么，何况，现在这种情况，真让她不来，她也不会放心。

不过这两天余枳有些忙，所以去黎君槐那边总是有些匆匆忙忙，做顿饭，简单地吃几口，忙着打扫完之后，就得回家里加班，这样一来，和黎君槐的相处，倒显得匆匆忙忙。

加上前几天孔之休和她说了下一期的拍摄任务，她当时在犹豫黎君槐的身体，可今天孔之休又来催了。

余枳想，还是有必要和黎君槐商量一下，虽然医生已经说没有什么大碍，可她担心她一走，他又立马回了研究院。

"黎君槐，我有事和你说。"余枳一进门，换了鞋，将包往沙发上一扔，直接冲进书房。

黎君槐看着面前的人，眼里闪过一丝疑惑，关上手上的书，认真地应对："你说吧。"

"我可能有段时间不能过来……"

黎君槐双眸一沉，想起这几天余枳的表现，淡淡地问："是不是觉得照顾我很麻烦，其实你也可以不用天天来的，反正之前腿伤的时候，也只有一个人。"

"你这是在说什么？"余枳无奈。

黎君槐不管，继续自顾自地说着："对不起，我比你大十多岁，我是很想能够每天都照顾你，现在这样的情况我其实一点也不愿意发生，你要是在这种时候反悔我也不会怪罪你的。"

余枳挑了挑眉，这次总算听清楚了，却也忍不住笑了起来："黎君槐，没想到你会想得这么明白，我确实不想一直照顾你，所以你还是不要不把自己的身体当回事。"

"所以，你真的觉得照顾我很麻烦？"黎君槐不可置信地问。

"我只是没有那么多时间来照顾你。"余枳倒也不是存心逗他，只得解释，"后面几天我可能要出差，孔主编已经找过我两次，不去的话显然说不过去。"

一听是这些事，黎君槐才意识到刚才自己说那些话有些冲动，尴尬地轻咳一声，重新打开桌上的书，装作什么都没有发生过，认真地说："我又不会干涉你工作，这种事情，其实也没有必要特意跟我打报告。"

余枳"嘿嘿"笑了两声："我是基于人道主义原则和你说一声，谁知道你会想那么多。"

黎君槐像是生气地抬起头瞪着余枳，吓着了余枳，结果却只是听见他说了一句："我饿了。"

余枳也不戳穿，转身朝厨房走去。

刚才黎君槐的反应是有些大，不过却让余枳觉得高兴，她不知道黎君槐在乎一个人会是什么样，可就刚才黎君槐的表现，足够让她知道，他对她的在乎。

03

孔之休将这一期的主题定在了四川，历史上古蜀国的所在地。

经过医院冲过去的那一抱，余枳和黎君槐的关系在研究院也算不言而喻，所以余枳出发前让李召多注意点黎君槐，李召什么也没问就直接答应了。

只不过事情到最后，余枳才发现自己有些多此一举，因为在她出差的当天，黎君槐和她一道出发去了四川。

"黎君槐，你这样我会认为你对我不够信任的。"余枳瞥了眼坐在旁边的人，略带委屈地说着。

今早，她原以为，黎君槐是过来送她，却没想到，说了几句话之后，黎君槐坦然地坐在了现在的位置上，就再也没有下去。

黎君槐倒是没觉得有什么，坦然地说："秦院长放了我一个月的假，整天待在家里有些闷。"

余枳怎么可能这么轻易相信："以前天天待在研究院也没见你

闷，现在待在家里反而觉得闷了，你骗谁呢。"

"那以前是一个人，现在可不是。"黎君槐闭着眼，靠在座椅上，慢悠悠地说着。

余枳看了眼他，没有接话，自从同意在一起之后，黎君槐总是时不时地冒出这么几句话来，听得多了，余枳也就习惯了，有时候还会顶上两句。

"那看来还是以前活得自在啊。"

"以前那叫无趣，你上次刚评价的。"黎君槐淡淡地说。

知道说不过黎君槐，余枳只好瞪了他一眼，转头继续开车，上关离成都走高速大概四个小时，本来余枳是打算坐车去的，可最后想了想还是决定开车，却没想到还有黎君槐。

两人到达成都的时间是中午十二点，本来想说先回酒店放个行李，可余枳有些饿了就直接去吃东西。

余枳打了个电话给孔之休报平安，这是工作习惯，毕竟每次她都是一个人出门，作为领导，孔之休多少还是有些不放心。

"以后记得把我排在前面。"余枳给孔之休打完电话后，黎君槐立马开口命令。

余枳疑虑，皱着眉头看着黎君槐，想着他没头没脑的这句话。

"去哪儿难道不应该是先跟我报告吗？就以我们现在的关系。"见她不理解，黎君槐再强调了一遍。

这下余枳总算是明白了，轻笑一声，却也连连点头："知道了。"

还真是一点好处都不能让别人占着，就连和孔之休也要争个高低，她可是记得，她第一次给他打电话的时候，他连着挂了她电话三次啊。

刚一说完，点好的冒菜也正好端了过来，两人的口味经过长时间的相处之后，已经变得差不多，一顿饭吃下来，倒也没有什么不开心的。

余枳喝着一杯还算合胃口的豆奶，笑着说："小年你回家吗？"

"不回去。"

"那我们去你家包饺子吧。"

黎君槐才想起来，这个月过完，差不多就要过年了，余枳家本来是北方人，在她爷爷那一代才移居到上关市，对于北方的一些习俗还是一直保持着。

"我不会包。"黎君槐是土生土长的上关人，加上他妈能够教会他做饭就已经很不错了，哪还有时间教这些，加上他也不是特别喜欢吃，也就没学，何况他们家也没有那么注重节日。

饺子算是余枳拿得出手的技术了，自然要在黎君槐面前得意一下："我教你。"

黎君槐看着余枳，最终点了点头，相比较于从和面开始的做饭方法，他还是更喜欢炒菜做饭，不过余枳喜欢，他当然不会拒绝。

在附近逛了一会儿，两人回到酒店的时候已经下午三点，余枳这才想起，黎君槐突然跟过来，根本就没有订房间。

本来临时再订一间也不算什么难题，可是前台却告诉她酒店刚招待了一批公司度假旅游的，房间已经满了。

余枳张了张口，欲言又止，最终却也什么都没说，而是问前台拿了门卡走向电梯。

黎君槐跟在后面，神情却有些严肃，冷着脸跟着余枳进了电梯。

站在房间门口的时候，他忽然开口："我来只是想趁着有空和你多相处。"

"嗯？"余枳疑惑地抬头看他。

"我并不觉得我们现在的关系有什么不好，也没有非要通过某种手段再增进感情。"黎君槐强调，"余枳，你知道如果你让我进了这扇门就代表什么吗？"

"我知道。"余枳干脆地回答，"但我也相信你。"

是的，刚才前台说没有房间的时候，她脑子里闪过很多事情，可最终，她选择相信黎君槐，不管可能是会发生什么，又或者什么都不发生，她都相信黎君槐。

相信他会对她负责，也相信他会顾及她的感受。

简单地收拾了一下行李，余枳倒是没有在这件事情上过多纠结，拿出提前准备好的地图，做着规划，好在黎君槐也没有多问。

在拍照前，余枳都有背地图的习惯，要不是第一次去林区根本没有地图让她背，她也不至于迷路。

黎君槐也不过去打扰她，半靠在椅子上，像是思索，却又欢喜。

晚上两人抽空去吃了个火锅，因为今天将行程再做个仔细安排，明天开始就是拍摄了，她应该不会空出多少时间来。

吃完火锅，余枳说还要去吃小吃，黎君槐也不拦着，只是在准备回酒店的路上，替她买好健胃消食片之后，随口带了一句："你平时出差也是这么吃？"

余枳摇头："那倒没有，要看去的是什么地方，何况平时也不会让自己这么闲着。"

黎君槐才想起来刚认识余枳那会儿，余枳确实从来没让自己闲过，只不过当时他并不知道，会和她走到今天这步。

晚上，黎君槐主动去找服务员要了两床被子，在地板上打了地铺。

余枳本来还想说什么的，可最终也只是翻了个身，准备睡觉。

第二天临时空出一间房来，黎君槐便搬了过去，一直到拍摄结束，都是没有越矩半步。

黎君槐能够这么做，她心里还是感动的，以他们现在在一起的速度，如果再着急有什么进步，她会适应不过来的。

只是不知道为什么，心里竟然会有那么一点点的失落。

黎君槐何等心细，又怎么会看不出来这些，在房间门口分开之前，他叫住余枳："余枳，我知道你在想什么。"

"嗯。"余枳闷闷地应了一声。

"乖。"黎君槐摸了摸余枳的头。

她知道黎君槐是在等她，等她能够真的准备好接纳他，笑着点了点头，转身回了自己的房间。

行程安排得很紧，根据孔之休告诉她的那些要求，除了在成都拍照之外，她还需要去一下几个古蜀文化遗址，这是孔之休特意交代的。

关于工作，黎君槐从来不会多管，倒是接下了司机的职位，偶尔会去看看余枳的照片，点评两张自己喜欢的。

回去的路上，快到上关的时候，余枳不知道因为什么原因胃突然有些疼，病恹恹地坐在副驾驶，有气无力的样子。

"怎么了？"黎君槐皱着眉头问道。

余枳倒是没当成什么大事："可能是这几天吃多了，胃有些适应不过来，没多大事。"

"让你少吃点，还偏不信。"黎君槐不满地训斥。

余枳倒也没有当回事，回到上关之后，一到家倒在床上就睡了一觉，结果晚上被胃痛得醒了过来。

黎君槐接到电话的时候，吓了一跳，赶紧从家里赶到余枳那边，二话没说，带着余枳就直接去了医院。

期间，黎君槐好几次张口就想将余枳好好教训一下，可看着她可怜兮兮的样子，也就什么都不忍心说了。

医生检查完之后说是急性肠胃炎，开了些药，让他们过去输液。

等护士插好点滴，余枳看着黎君槐阴沉着脸，怯生生地解释："那个，我一下也只能想到你。"

"你以为我是因为这个？"黎君槐的火被她一下点了起来，"这么不把自己的身体当回事，我没有让你回去吃药吗，为什么不吃，也没有吃晚饭吧？"

"太困了，就都给忘记了。"

黎君槐作势还要教训，可看着余枳打着点滴，病恹恹的样子，也就吞了回去，沉声道："我去给你买碗粥。"

余枳本能地想奉承一句，却被黎君槐瞪了一眼之后，默默地给吞了回去，乖乖地躺在床上输着液。

04

等几瓶药水吊完，已是深夜，黎君槐似乎还在因为余枳的事情生气，余枳只得小心翼翼地不说话，坐在副驾驶上。

一直到将她送到家，黎君槐一句话都没有说，这让余枳有些慌乱，她还从来没有见黎君槐这么生气过，就算是当初她在马拉维这么乱来，他都没有这么生气。

余枳小心翼翼地凑到黎君槐身边，小声问："你不会真生气了吧？"

正在淘米的黎君槐转头看了眼她，说："难道不应该吗？"

"那个我……也不是故意的，胃痛我也很难受啊，我也不愿意啊，何况还要吊水吃药的。"余枳说得极委屈。

要说真的生气，其实也没有，更多的是心疼担忧，上次感冒也是，明明这么大一个人，总是不把自己的身体当回事，想这些的时候，他倒是忘记了自己工作起来，也照样不把身体当回事的时候。

这不，见他又不说话，余枳不满地翻着旧账："还不知道上次是谁，在医院躺了那么久，现在还在休假呢。"

"余枳，你这是移转话题。"黎君槐提醒她。

余枳拿捏着黎君槐的错误自然不会轻易罢手，脸上却写满了委屈："我都还没有生气呢，凭什么你就可以冲我生气？"

黎君槐看着余枳嘟起的嘴，说起来，上次的事情，看着余枳抱着自己难受到哭的样子，心里多少还是有些不忍心的，可还是不放过教育余枳的机会："我记得，上次，我们好像还不是现在这种关系。"

"那又怎么样？"余枳难得不讲道理，仰起头直视着黎君槐，"就算不是，那我也担心了，一样的。"

黎君槐将粥煮好，转头看见瞪大眼睛控诉着他的余枳，听着那番话，心间一动，走过去将她抱在怀中，笑着说："至少我那次受伤，作用和这次就不一样了。"

"哪里不一样了？"余枳生气地象征性推了推，出言反驳。

黎君槐认真地说："让你清楚自己的心。"

"你……"心意被这么直白地说出来，余枳多少有些害羞的，霎时红了脸，何况黎君槐还这么直勾勾地看着她，像是在等着她的下文。

十二点的晚上是寂静的，就连自己的心跳都能清晰地听清楚，人没来由地跟着紧张起来。

黎君槐也没有平静到哪儿去，看着余枳，身体已经先于意识地轻轻覆上她的唇，浅浅品尝并不深入，贴在余枳的耳边轻轻问了句："今晚我留下来？"

从未和一个男人这么亲密过，在听到这种充满引诱性的话后，余枳又怎么会招架得过来，何况，黎君槐根本也没有给她这个机会，话一说完，便重新吻了上去……

两人不知道什么时候已经到了卧室，余枳的生涩让黎君槐有一瞬间的疑惑："你没有……"

余枳被问得一愣，不过黎君槐没有等她回答，已经用行动去证明了自己的猜测，末了笑着说了句："谢谢。"

第二天，余枳醒来的时候，黎君槐早就已经起来了，厨房里传出的淡淡香味让人觉得安心。

这就是家该有的样子吧。余枳想，在继家什么都有，可又好像什么都没有，而这一刻，她的心才是温暖的，被人捧在手心里的温暖。

昨晚，她受不住黎君槐的几句蛊惑，之后的事情，现在想起来还是会脸红。

她迅速起身穿好衣服，换下床单放进洗衣机，这才走向餐厅，那里已经摆着黎君槐做好的早餐，而黎君槐现在还在做着最后的煎蛋，烧了壶水，给她一会儿喝药用。

"早啊。"余枳不好意思地笑着，想了半天，最终只想到了这句话。

"早。"黎君槐点了点头，将鸡蛋摆在桌上，在余枳的面前坐下。

大概都还没有办法适应这突如其来的关系增进，一顿饭下来，两人都没有怎么说话，当然，之前也都是余枳在说。

直到一顿饭结束，黎君槐开口："我们等下去把证领了吧？"

刚准备收拾碗筷的余枳被问得一愣，一下不知道说什么："那个……我们……"

"我不是在开玩笑，何况我也不是那种吃完擦擦嘴就离开的人，既然我们已经……那结婚也是有必要的。"黎君槐郑重地解释。

"可是我们才刚刚在一起不久，这样会不会……"

"我一开始也说过，我没有那么多时间等你。"黎君槐沉声强调，"我这么做也是对你负责，让你安心。"

"可是……"余枳还想说什么，却在看见黎君槐的眼神之后，默默地吞了回去，"那好吧。"

黎君槐是说到做到的人，从余枳家离开没多久，就拿着户口本出现在了余枳公寓的楼下。

余枳坐在副驾驶，还是有些不确定地问："那个……领证的事情，我们这样私下决定没问题吗？毕竟还不知道伯母是怎么想的，万一……"

"他们听到我结婚，应该会高兴坏吧，何况现在在我妹那边帮忙带孩子，除非是让他们过来看孙子，否则应该不会来管我。"黎君槐解释。

余枳惊讶："你还有妹妹？"

"有一个，比我小了十来岁，和你差不多大，什么方面都比我领先，连结婚也是。"

关于这些，黎君槐从来没有和她说过，不过黎君槐也并不把这些事情放在嘴上，直到很久之后，余枳才知道，这个妹妹是黎君槐的妈妈再婚之后生的，才在年龄上会和他隔这么多岁。

既然黎君槐都已经这么说，那她再反驳反倒没了意思。

因为要拍照，余枳还特意化了个小小的淡妆，那个地方，她已经去过两次，第一次她满怀幻想，第二次她心身释然，而这次，她平静心安。

她看了看身边高大的人，这次的人，是她自己选择的。

拿着结婚证从民政局出来，余枳的心有那么一点恍惚，这一切发生得太快，太迅速，太顺利了。

好像自黎君槐告白起，随后发生的这些一早就在黎君槐的料想之内，余枳总有种中了圈套的错觉。

黎君槐很满意她的表现，伸过手来摸了摸她的头："不会后悔吧？"

余枳笑了笑："你会让我后悔吗？"

黎君槐难得失控了一会儿，俯身在余枳脸上轻轻一印："由不得你后悔。"

第八章

| 既已相守，便不相欺 |

幸好，他还够自信，也相信她

01

虽然关系已经发生，结婚证也领了，两人却也没有提搬去一起住，余枳是觉得两人的关系忽然一下变化这么多，需要时间来适应一下的。

至于黎君槐，大概也是想给她留一定的空间吧，不过却在第一时间带着她去见了家长。

这是出于他对她的尊重，之前不去见家长，那是因为没有一个恰当的时机，但是现在再不去，那就怎么样都说不过去了。

"我就这样过去？难道不应该稍微正式一点？"余枳还是第一次经历这些事情，多少有些紧张。

黎君槐安慰性地伸手摸了摸余枳的头："放心吧，只要是个女人，我妈现在应该都会当作神一样供着，何况你比一般女人好太多。"

听着这勉强算是安慰的安慰，余枳的紧张根本没有减少，按照黎君槐的描述来看，黎母应该是一个温婉的人，当初黎君槐的父亲因公殉职之后，就一人带着黎君槐，直到遇到现在的这个男人。

到达目的地的时候，知道余枳在紧张，黎君槐主动牵起她的手。

那边早就听说黎君槐这次是带着余枳过来的，这不，他们一敲门，门就被迅速打开，黎母笑得眼睛都眯在一起招呼他们进去。

黎君槐将手上的东西递给母亲："这是余枳给你们的一点心意。"

余枳看着黎君槐不知道从哪里拿出来的东西，眼里闪过一丝惊讶，张口正想问什么却被黎君槐阻止："回去再说。"

黎君槐的妹妹叶桑抱着半岁大的儿子，也出来迎接，黎君槐从马拉维回来，还有部分原因是为了参加小侄子的满月宴。

看到余枳，她开心地笑着，忍不住感叹了一句："大嫂真漂亮，和我哥在一起，还真是糟蹋了。"

"好像也没有那么差吧。"余枳闻言打量了一下黎君槐，下意识解释。

"大嫂你确定没有看错？"叶桑瞪大眼睛，看了看两人，忽然惊讶道，"你不会是被我哥骗来的吧，我告诉你哈，他这人其实一身的毛病。"

余枳看着黎君槐，认真地点了点头："这个我知道啊。"

听她这么说，叶桑只能惋惜地叹了口气："知道还来，敬佩你的奉献精神。"

"好了，没完没了了。"黎君槐适时地打住话题，这小妮子说话向来没轻没重，真让她这么说下去，指不定把什么陈芝麻烂谷子的事情都给抖出来了，他接过她手上的小侄子，抱在怀里逗着。

那小家伙倒是一点都不认生，看到余枳，非要往她怀里扑，笑嘻嘻地伸着小手挠着她的头发，欢喜得不得了。

反倒是把余枳吓得小心翼翼的，半天连大气都不敢喘一下，求救般地看着黎君槐。

两位长辈在厨房准备饭菜，可能是不想给余枳什么压力，倒是一旁的叶桑，拉着余枳问东问西的，听说余枳会拍照，非说儿子的一岁照要让余枳来拍。

余枳犹豫着，毕竟她并不擅长拍人，何况还是小孩子。

一旁的黎母从厨房出来一趟，刚好听到她们的聊天，忍不住训着叶桑："你大嫂是拍大照片的，你这一来就麻烦人家，把她吓到了怎么办，你哥可是好不容易有个人要他啊。"

余枳被黎母逗笑，悄悄地凑到黎君槐耳边，小声说："你在家里形象这么差？"

"你就当我们家是母系社会吧，女人才有说话权。"黎君槐一本正经地解释。

余枳被逗笑，反问："所以我的权力很大？"

"看起来应该不至于太差。"黎君槐倒是半点不谦虚地点头承认，随即低头去逗小侄子。

应该是早就从黎君槐那边知道了余枳的喜好，满满的一桌子菜，没有余枳不喜欢吃的。

关于余枳家里的情况黎母倒是没有多问，叶父也就是简单地打了个招呼，却也还是很热情的样子。两人领证的事情，黎母倒是教育了几句黎君槐，让黎君槐什么时候带上他们和余家的二老赔个罪，好商量婚礼的事情。

余枳看了看黎君槐有些为难，孟月琴她是知道的，对于继家还是抱有幻想，要是让她自己这么随随便便就领了证，指不定会说出多么难听的话呢。

　　黎君槐看出余枳的为难，只得自己先稳住母亲这边："这个我肯定会去的，到时候一定告诉你。"

　　因为这次他们来得突然，二老没有准备什么，临走的时候，黎母让余枳有空就过来，不用管每天忙得不着家的黎君槐。

　　面对长辈的邀请，余枳只得连连答应，没敢说自己忙起来不见得比黎君槐有空。

　　回去的路上，余枳心事重重地埋着头，好几次像是准备要说，最终却又吞了回去。

　　"有什么话就直说吧。"最终还是黎君槐替她先开的头。

　　余枳想了想，略带歉意地说："那个伯母说的事情……"

　　"我知道。"黎君槐回了余枳一个安心的微笑。

　　"你知道？"

　　黎君槐点了点头："我问过千嘉，也了解了一些情况，我要娶的是你，其他的，我们可以慢慢处理的。"

　　说不感动是不可能，余枳只觉得鼻尖一酸，心里说不出的幸福，强忍着眼泪感激地说："黎君槐，谢谢你！"

　　黎君槐空出手来摸了摸她的头："以后有的是时间慢慢谢的。"

02

两人都不是喜欢张扬的人，但关于结婚的事情，还是简单地告知了一下。

千嘉听说两人不仅瞒着她在一起，而且这么快就领了证，气冲冲地连班都没有上，直接从千氏杀了过来。

"余枳，你现在胆子大了啊。"

这种情况，余枳还是知道怎么应对的，委屈兮兮地坐得笔直，埋着头说："不是你说的，看到合适的就要二话不说地扑上去，我只不过是用力过猛了点。"

千嘉的火当然不会这么一下就消："还知道用力过猛啊，你这简直是冲昏头脑，姐姐就算是毫无经验的时候，也没有做过这种事，我还做了榜样在，你怎么还是这个样子。"

"我这不是学艺不精嘛。"余枳讨好地将一杯奶茶递到千嘉面前。

千嘉愤愤地瞪了她一眼，却还是接过奶茶，喝了一口之后，认真地问："不过说实话，黎君槐虽然老了点，但长得还不错，你和他在一起勉强来看，还是他吃亏。"

"啊？"余枳疑惑。

千嘉郑重地点了点头："你可是二婚，黎君槐跟着你很吃亏的。"

"喂！我哪有差成这样。"余枳伴装生气地瞪着千嘉，不过按照传统的观点来看，好像确实是黎君槐吃亏。

"实话实说。"千嘉毫不在意地笑了笑，"不过你们准备什么时候办婚礼。"

说起这个事情，余枳现在也在纠结，要说她算起来已经是二婚，办婚礼什么的好像并不合适，可这对于黎君槐来说，又不公平。

"等等吧，余家现在还不知道这回事，我担心我妈会疯。"

这个情况千嘉自然也就不好多问，跟余枳说，反正班都已经逃了，干脆出去逛逛街，算是迎接新生活。

下午，黎君槐去接余枳，听说她已经到家，还以为余枳是在上班的时候出了什么事情，火急火燎地赶到余枳公寓，看到余枳正躺在沙发上揉着脚，才发现自己有些紧张过度了。

余枳不明所以地看着黎君槐，结婚之后，两人虽然没有住在一起，但是钥匙已经交换，不过黎君槐这样闯进来还是第一次。

"怎么了？"余枳问。

"没什么。"黎君槐看了看沙发上的包装袋，建议道，"晚上出去吃？"

"不用了吧，我今天陪着千嘉走了一个下午，就差没有残废了。"

听说还要出去，余枳忍不住开始哀号，随即从旁边的某个袋子里拿出一条领带，"给你的。"

黎君槐接过领带，满意地笑了笑："我很喜欢。"说完，将领带放回原处，外套一脱，挽起袖子，开始准备动手做饭。

余柯打电话过来时，余枳正在修在四川拍的图片，等着黎君槐来接她，这个星期一结束就是小年，随后就是假期，而这组照片，是做明年开年的第一期，孔之休到底还是重视了一些，对余枳的要求也高了不少。

"什么事？"余枳接通电话，开了免提，人却还在忙着工作。

余柯那边的声音有些着急，更多的是慌乱："姐，你快过来医院一趟，爸爸他突发脑溢血……"

后面的话已经不用再听下去，仅凭这些信息，余枳已经能够判断余家出了什么事情。

"把地址给我，我马上过去。"余枳慌乱地拿着手机，着急地说。

听着余柯把地址说完，余柯迅速关了电脑，朝楼下跑去，出门正好撞上孔之休，见她这么慌慌张张，忍不住问："出什么事情了？"

"忽然有点急事。"

知道余枳不想说，孔之休也没有多问，只说需要他可以直接说。

余枳匆忙道了谢，却看见继许的车停在杂志社楼下，人站在车旁，一见她出来，便说："我已经听说了，带你过去？"

父亲那边是什么情况她暂时还不知道，孟月琴和余柯两人什么都不知道，这让她怎么放心，这时候继许的好意，她完全拒绝不了，犹豫了一下，最终还是大跨步地走了过去。

远处黎君槐的车正好到达，而余枳坐进继许车里的那一幕，好巧不巧地正好落在他眼里。

"谢谢。"余枳犹豫着，轻声道了句谢。

这是他们离婚之后，第一次以这么近的距离坐在一起，多少还是觉得有些不适应。

继许解释："就算我们离婚了，余叔对我们家还是有恩。"

对，她怎么忘记了两家还有这么一层关系呢。如此，余枳也就没有再往下搭话，倒是掏出手机给黎君槐发了条短信，让他今天不用去接她，刚才事发突然，她一下没来得及和黎君槐说。

继许大概是知道余枳着急，所以连着车也开快了不少，只不过，这会儿正好是下班高峰期，路上到处都堵着车，余枳时不时地望几眼手机，却一直没有收到黎君槐回短信。

黎君槐虽然不怎么喜欢看手机，可等了她这么久，也应该打个电话来问问啊，不至于什么都没有。虽然觉得奇怪，可这时车子已经开动，余枳也就没有细想。

到达医院的时候，已经过去一个多小时，余庆还没有从急诊手术室出来，孟月琴难得没有在见到她的时候，甩着脸色给她看，当然，她现在也没有空给她脸色。

余枳看了看只顾擦眼泪的孟月琴，问余柯："到底是怎么回事？爸平时都是好好的，怎么会突然晕倒？"

继许的到来他没有觉得意外，稍微点了点头才对余枳说："爸是在楼下小区晕倒的，听说刚刚下完象棋打算回家，还没到电梯，就直接倒在了地上，是路过的邻居叫的救护车。"

"爸进去多久了？"

"两个小时，我一到这边，签了字就给你打的电话。"

余枳看了看手术室，知道一下也不会有什么消息，只好转身去楼下办住院，交相关费用，余柯和孟月琴肯定光顾着守在这儿，什么事情都还没有做。

去楼下交了费，办了住院，余枳又重新回到手术室门口，要说不担心是不可能的，可现在这一家的情况，若是连她也乱了方寸，就没有人能够撑得起了。

"怎么只有你一个人？"余枳看了看坐在门口的继许，下意识地皱起眉头。

继许解释道："阿姨他们下午赶过来守在这儿，我让他们去吃晚饭了。"

"谢谢。"余枳倒是没让他走，既然他说是看在两家的交情上，那么这时候让他走，反倒是显得她好像还很在意。

倒是继许，不由得冷笑一声："能不能不要说了？"

余枳转头，似乎不明白他忽然冒出这么一句的意思。

"我什么都没做，可你今天却已经和我说了两遍谢谢了，我来这儿不是想听你道谢的。"继许解释。

余枳低头没有再说话，她确实打心底里不想再亏欠继家，倒不是故意想要和继家划清界限，而是有些事情既然已经发生，那么就算是再怎么装傻，也回不到过去了。

何况现在余庆还在手术室内，她没有空来管这些有的没的。

余庆出来的时候，已经是晚上的九点，长达六个小时的手术，期间余柯问余枳要不要去吃点东西，余枳拒绝了，在没有亲眼看见余庆从里面出来之前，她哪里吃得下半点东西。

哪怕她对余家的事情从来没有表现得很上心过，可谁都看得出来余家对她是何等重要，否则也不会表面上不帮余柯让他进继氏工作，其实背地里却在攒钱，让余柯能够自己开一家海鲜店，要说她不帮余家，继许怎么可能让余柯去公司上班。

只不过这些事，她并不想说出来。

现在余庆病倒了，她比任何人都担心，都难受。

"我去给你买点吃的？"继许问。

余枳摇了摇头："不用，我等会儿自己去，你回去吧，我爸你也见到了，应该可以和继伯伯交差了。"

"余枳，难道你还没有看出来吗？"继许脸上写着淡淡的愤怒。

"看出来又怎么样，看不出来又怎么样，这和我有关系吗？"余枳反问。她怎么会看不出来继许的心思，不过现在他们之间，谈这些不觉得可笑吗？

换作以前，继许一定会一甩手就离开，不过今天他倒是难得地沉住气，对旁边的孟月琴和余柯打了个招呼，才对余枳说："明天还要上班，我就先告辞了，明天我妈他们应该也会过来。"

余枳倒是没有开口阻拦他们来看，只是，看着继许离开的背影，她忽然觉得嘲讽。

当初两人结婚的时候，从来没有见过继许对她这般过，现在他们离婚了，他反倒这么好，真是让她不知该笑还是该哭。

孟月琴看着两人，忍不住感叹："没想到继女婿还有这份心。"

余枳像是没有听到一般做着安排："今晚我守在这儿，你们先回去睡一觉，明天再带些换洗的衣服过来吧。"

余庆的情况还好，医生说因为送得及时，倒也没有出什么大问题，不过就算没有大问题，以后余庆的情况恐怕并不会那么理想。

就算手术很成功，但是之后还是会出现各种各样不受控制的情况，所以这几天的观察都还是很重要的，所以今晚她先在这边守着，到时候明天再让余柯他们过来交她的班。

余庆出了这么大的事情，孟月琴整个人就像是被人抽出了魂魄似的，自然也没有力气和余枳争吵，由着余柯扶着往外面走。

只是余柯没走几步又像是忘了什么似的，转身回来，对余枳说："姐，其实姐夫对你，还是有些感情的。"

"他已经不是你姐夫了。"余枳再次提醒。

余柯犹豫着，本来还想再说什么，却也忍了回去，转身离开，有些事情，他也不能一直说。

精神一直紧绷这么久还是少有的事情，余枳让护士帮忙照看一下余庆，下楼随便买了点面包，紧绷了这么久，忽然放松下来，倒还真是有点饿了。

不过真看到吃的，又没了胃口，简单地吃了几口，又继续回病房守着余庆。余庆平时都是好好的，突然出了这种事情，任谁也不会想到。

　　整整一个晚上，余枳就这么干巴巴地坐在旁边看着余庆，可不知道是麻醉的作用，还是怎么回事，余庆就是没有半点动静。

　　一直到早上，余柯他们过来，余枳才疲倦地揉着鼻梁离开，打算回家睡一觉，给孔之休发了条短信，才发现，黎君槐整整一个晚上都没有回她短信。

　　"喂！"

　　黎君槐那边的声音冷冷淡淡听不出有什么情绪，听得余枳不由得一怔，却还是解释："那个昨天我临时有点急事从杂志社离开，你收到我的短信了吗，应该没有等多久吧？"

　　"为什么还不回来？"黎君槐努力克制着冲上脑门的愤怒，问道。

　　余枳先是一愣，犹豫着解释："嗯……因为事情有些麻烦，我就留了一个晚上，现在在回家的路上。"

　　"等你。"黎君槐应了一句便直接挂了电话。

　　余枳到达公寓楼下的时候，一眼就看见了黎君槐的车，下意识地皱起眉头，走过去敲了敲黎君槐的车窗。

果然，黎君槐坐在里面，见是余枳，也没有多说什么，直接下车。

余枳跟在后面，好久没有这么熬一个晚上，一下还真的受不了，腿轻飘飘的，好像下一秒就会倒地似的，连黎君槐的车为什么大早上会在她公寓楼下，都来不及想。

腰间忽然一紧，是黎君槐的手从一旁伸过来，揽住她，她转头感激地冲黎君槐笑了笑，由着黎君槐将她扶上公寓。

黎君槐替她简单地煮了一碗面，不过熬夜之后她并没有什么胃口，简单地吃了两口，便倒在床上准备补觉。

看着她疲惫的样子，黎君槐心里就算是有成百上千的问号，一下也说不出口，只能等她睡醒。

余枳醒来的时候，已经是中午，还是被余柯的电话吵醒的，告诉她余庆已经醒了过来，医生说情况很好。

一出去，没想到黎君槐还在客厅，她一边去冰箱拿水喝，一边看似随口问黎君槐："你今天没有去研究院吗？"

虽然快小年放假了，但是秦院长最近都在研究院忙着，没道理黎君槐没有事做，不过今天余枳倒还真是随口一问，因为她根本还来不及想这么多。

"我跟秦院长请了假，你这边应该更需要我。"

听到黎君槐的解释，余枳心里像是被什么狠狠地戳了一下，鼻子一酸，眼泪瞬间不受控制地开始往下落。

"黎君槐，谢谢你。"

有些事情，已经不需要她来解释，从早上的那通电话，到黎君槐停在楼下的车，余枳又怎么会看不出来，她没有立即解释，是因为还不知道应该怎么解释。

家里的情况那么复杂，如果这种时候，告诉孟月琴她背着他们结了婚，那么这一桩桩的事情，恐怕更难让余家接受黎君槐。

所以，她不敢轻举妄动。

可紧接着，余枳又开口道歉。

"还有，对不起。"余枳走到黎君槐面前，郑重地说。

昨天她到了医院后，有太多的机会可以将事情和黎君槐解释清楚，但又担心他会来医院，到时候要是让毫无准备的孟月琴他们知道，事情还不知道会到什么不可收拾的地步。却忘记了，黎君槐会担心她，会胡思乱想。

黎君槐饶有趣味地看着近在眼前的人，昨晚他挣扎了一夜，看着她坐上继许的车的时候，他确实愤怒，甚至差点让愤怒冲昏了头脑，如果不是两人已经领证结婚，如果不是他有这般年纪摆在那儿，他或许真的会不问缘由就放手也不一定。

"你知道我在想什么？"他问。

余枳伸出手环住黎君槐，在他脸上不轻不重地印了一个吻："我没有及时给你打电话，甚至让你为我担忧了一个晚上，对不起。"

黎君槐笑着摸了摸她的头："下次能不能记得一定要告诉我，在成都说的事情还要加上一条，以后遇到什么事，请记得第一个打电话给我。"

余枳感动地笑着，眼里的泪却憋不住似的流，弄得黎君槐欲哭无泪，只能替她擦着眼泪，一边小声安慰着她。

后来，余枳躺在黎君槐的怀里，看似无意，却是认真地问："你看到我坐上继许的车的时候，心里有没有想别的？"

黎君槐回答得很认真："要说没有，那是不可能的，可我转头又想，你如果真的对继许有旧情，根本就不可能答应和我在一起。"

余枳感激地笑着，嘴上却说："可是说不定我答应和你在一起就是为了故意气继许呢，你也知道有的情侣就喜欢玩这些。"

"所以，我也不是那么自信。"黎君槐转头看着余枳，双眸似是一汪澄澈的深海，夹杂着淡淡的忧伤，"我在楼下等了你一晚上，我告诉自己，如果是继许送你回来的，那我就马上离开。"

"可是我们都领证了，你这样突然逃走很没意思的。"

黎君槐捏了捏她的鼻子认真地说："这你放心，难不成我还要用结婚证来圈住你吗？"

对啊，这就一点也不像黎君槐的风格了，他一直是替身边的人解决麻烦的，不然，他会走得干干净净，恐怕连解释的机会都不给她了吧。

幸好，他还够自信，也相信她。

最后还是等余庆醒了，稍微有点精神之后，余枳才试探性地和余庆开口。

没想到余庆倒是主动邀请："你的事情现在已经不归我们管，你自己想做什么都可以，什么时候带他过来吧，总不能都是一家人了，还连面都没见过吧。"

余枳感激地笑着握着余庆的手："谢谢爸。"

黎君槐听她说了这个事情之后，伸手将余枳抱在怀里，下巴抵着她的头顶，说："其实那些事情，不着急的，我们可以找个合适的机会亲自登门拜访，不用急在你爸爸在医院的这个时间。"

余枳倒是不这么认为，从他怀里抬起头来，认真地说："我知道你也有你的计划，但是我也不会真的什么事情都不做。"

听了黎君槐的话，两人决定在余庆出院之后，再过去登门拜访，正好那个时候又是新年，喜气洋洋的，倒也合适。

小年当天，千嘉不知道从哪里听到消息说余枳打算在家里包饺子，这不和魏宁安两个人，就这样大摇大摆地直接敲门进来了。

余枳看了眼两人，小声地问黎君槐："你和他们说的？"

黎君槐诧异："我以为是你？"见余枳耸了耸肩，才顿悟，看来是不请自来啊。

反倒是魏宁安看出了他们的疑惑，懒散地半倚在厨房门口，漫不经心地说："我呢是从伯母那儿打听到的，都带去见家长了，结果结婚还瞒着我们，这也太不够意思了吧。"

余枳冲他笑了笑，理直气壮地说："我们可没有瞒，你女朋友不是早就知道了嘛。"

"可是你老公没有亲自和我说，那就不算。"

余枳没有心思和他在这里胡扯，敷衍地笑了笑，埋头继续做自己手上的事情，和魏宁安说话，怎么总有种秀才遇到兵的无奈呢。

黎君槐看出了她的心思，笑着摸了摸她的头，小声到接近唇语地说："从小就强词夺理比较厉害。"

余枳轻声地笑了笑，没有再往下说，动手开始做馅。

等和好面，几个人围在餐桌前包饺子的时候，余枳忍不住问千嘉："今天小年，你怎么不去陪千阿姨？"

"我妈呢，说我也大了，正好我妈的一个高中同学在追求她，她老人家就同意了，所以我呢，就乐得把空间都留给他们咯。"

"阿姨的高中同学？"余枳脑子里忽然闪过罗院长的脸，有些疑惑地找千嘉确认。

千嘉知道她想到哪儿去了，笑着点了点头："没错，就是你想的那个。"

余枳感叹地笑了笑，罗院长追求千阿姨这么多年，总算是守得云开见月明了，倒也是一件可喜可贺的事情。

"看来等我忙完这阵有空，还要去拜访一下千阿姨。"

黎君槐适时地将话题转移到魏宁安的身上："人家是无家可归，你呢？"

"我当然是陪我女朋友啊，顺便兴师问罪。"魏宁安说得一本正经。

黎君槐学做饭向来得心应手，没一会儿，就能够包出像样的饺子了。余枳会心地笑了笑，情不自禁地感叹："你要是真开一家饭店，说不定还真的会人满为患呢。"

"我怎么没看出来，嫂子你还是一个很有商业头脑的人呢。"魏宁安学会拍马屁倒是让余枳有些诧异，不过很快她就得到了答案。

"包饺子学不会，拍马屁倒是学得快得很。"

千嘉拿着魏宁安毁掉的饺子皮，以及旁边弄得不成样子的馅，生气地教育着。

魏宁安倒是毫不在意，依旧自顾自地包着："所以啊，我是向你证明结婚以后，千万不要让我进厨房。"

"结婚的事情还远着呢。"千嘉得意地反驳。

看在眼里的黎君槐和余枳互相对视了一眼，什么都没有说埋头继续包饺子，不过倒是在心里感叹，看来魏宁安的结婚之路，任重而道远啊。

不过他们没有想到的是，魏宁安心里早就已经有了另一套计划。

因为买的材料有多，几人包的饺子剩了一大半，余枳塞给了千嘉一些，剩下的就全留在了黎君槐这里，现在两人虽然还没有住在一块，可基本上吃饭什么的，都是在黎君槐这边，倒也不算麻烦。

饭后，送走了两位不请自来的菩萨，余枳躺在黎君槐家的大沙发上，看着电视，等着黎君槐给自己剥橘子。

黎君槐在将橘子塞给她的同时问道："你今天不打算回去？"

余枳撑着下巴转头看向黎君槐，笑嘻嘻地说："今晚留在这儿？"

"却之不恭。"黎君槐倒是不介意，他去余枳那边的时间很多，但是余枳却从来不主动在他这边过夜，今天还是第一次，虽然有些奇怪，但黎君槐当然不会傻到自己去问原因，何况在他面前，余枳向来憋不住话，等想清楚了她自己会说的。

何况就余枳那一点点的脸皮，他要是真的去问了她说不定会直接改变主意回去，他还没有傻到自己去自掘坟墓。

"黎君槐，你以前会拒绝的。"余枳过了好久之后，从沙发上翻了个身，正对着黎君槐，认真地说。

黎君槐低头在余枳唇上轻轻一吻："看来有些人还没有清楚地意识到，你已经是我老婆这个事实。"

余枳被弄得脸一红，还真是搬起石头砸了自己的脚，本来还以为能找个机会奚落一下黎君槐，却没想到，还被反将一军。

"洗洗睡了？"这种时候，黎君槐在一旁佯装好意地问她。

余枳不由得板起脸，很认真地教训道："黎君槐，我怎么发现你变坏了呢？"

"是吗，觉得上当受骗了？"

余枳半眯着眼睛，认真点了点头："还真有那么……"

后面的话，黎君槐根本就没有让余枳说出口，低头吻上那准备喋喋不休的嘴，将余枳整个人从沙发上抱起，往卧室走去。

余枳在黎君槐怀里惊呼："黎君槐，你又耍流氓。"

"按照正常的情况来看，这算不上。"黎君槐半倚在浴室门口，认真地说。

余枳脸红得像熟透了般，却也拿黎君槐没有办法，就算两人对于有些事情已经不陌生，可在这方面，余枳还是会害羞得像个小女孩，这也让黎君槐总是时不时地想要逗一下她。

第九章

| 谢你之意，报我余生 |

"黎君槐，越来越爱你了，怎么办？""那
就这么爱下去。"

01

余庆一出院，余枳就带着黎君槐去了余家，本来也是一开始早
就说好的，倒也不算突然造访，至于黎母那边，暂时没有通知。

这一点上，黎君槐也是能够理解的，何况有些事情并不能够操
之过急。

只是让所有人都没有想到的是，继许会在，虽然现在公司已经
放假，可以前就算是过年，继许也是等到最后才来，吃个晚饭立马
就走。

孟月琴张口刚想抱怨几句余枳，却在看到黎君槐之后停住，不悦地质问余枳："这是谁？"

余枳倒是不介意孟月琴这么疏远，笑着对余庆点了点头，回答道："这是黎君槐，您的女婿。"

"什么？！"孟月琴惊讶得连声调都提高了不少，看了看一旁的继许，冲着余枳说，"你在开什么玩笑，小许还在呢。"

余枳显然毫不介意："我们过来，只是想通知一下你这个事实，没有要征求你意见的打算。"

"你……"孟月琴被气得一下说不出话来，转头去安慰继许，"小许，你别听她瞎说，她这是在糊弄人呢。"

继许眼睛直直地看着余枳，像是要把她盯出一个洞来，克制地咬紧牙关问："你们已经在一起了？"

"你觉得我像是在开玩笑吗？"余枳冷笑着反问。

继许看了眼黎君槐，一连说了好几个好之后，甩手转身离开。孟月琴见状想去拦，没拦住，只得冲余枳说："你说你，这下好了，小许肯定是恨透我们家了。"

余枳没有理会，反倒是伸手过去扶着一旁的余庆上楼："爸，我来扶你。"

余庆像是没有听到方才的那番事情似的，由着余枳这么扶着，却还是在嘴里说："你应该提前打个电话的，这下倒是让小许有些难堪。"

再看一旁的孟月琴，虽然被余枳气得火冒三丈，怎么看怎么觉得黎君槐不顺眼，却又开始询问黎君槐的情况了。

"你是干什么工作的？"

听到孟月琴这么问，余枳下意识地皱了皱眉，不满地抱怨："你问这些做什么？"

"我还不能盘查一下底细啊？就算是结婚了，万一条件不好，还可以马上离婚。"孟月琴丝毫不顾余枳的脸面，当着黎君槐的面就这么说。

好在黎君槐并不介意，态度温和地说："我从事野生动物保护工作，目前就职在我市野生动物保护研究院。"

孟月琴显然是听得一知半解，干脆直接问："有房吗？车呢，总该有吧？"

"这个年纪还没有，恐怕也不会和余枳在一起。"

孟月琴并不领情："少说这些漂亮话，要知道我们小枳之前嫁的可是继家。"

"可惜，人家已经和你女儿离婚了。"余枳在一旁慢悠悠地补充。

"你……"孟月琴被余枳堵了个哑口无言，干脆生气地一甩手，干自己的事情去了。

余枳抱歉地和黎君槐笑了笑，这才正式地在余庆面前介绍黎君槐："爸，我和黎君槐已经领证，这次来就是带着他过来见见你们。"

余庆笑着点了点头，虽然刚从医院出来，可毕竟是自己女儿的人生大事，忍不住想要啰唆几句，于是带着黎君槐去了书房。

黎君槐站在后面，默默地看着余枳为自己做的这一切，嘴角微微笑着，应该是很开心。

他还从来不知道，余枳会这么护短，不过她在自己母亲面前维护他的样子，还真是可爱呢。

余柯刚刚回来，正好碰见离开的继许，刚想上前打声招呼，却没想到，人家理都没理他，直接走了。

回来又看见茶几上摆着的那一大堆东西，他就猜到家里来了什么人，忍不住随口问了句："谁来我们家了？"

正在看着电视的孟月琴没好气地回答："你自己去问你那个能干的姐姐吧，不知道从哪里带了个老男人回来，张口就说跟人家已经结婚，你说这还要不要脸了。"

余柯下意识地皱了皱眉，转身冲进余枳的房间，虽然和余家关系疏远，可是因为余庆的关系，倒还是让余枳在这边有一间房。

"姐，你和谁结婚了，还把妈气成这样？！"余柯一冲进去，就开门见山地问。

余枳看了眼他，随口回答："你上次动手打的那一个。"

"什么？！"余柯有些震惊，"你和他在一起了？他居然真的老牛吃嫩草。"

眼见着余柯抡着袖子就要往外面冲，余枳好心地提醒："怎么，难不成这次你还要当着爸的面把他揍一顿？"

余柯走到门口的动作停住，转过身无奈地说："姐，你怎么就这么冲动呢？"

"你看见我什么时候冲动过吗？"余枳漫不经心地提醒。

余柯无奈，却也不知道怎么说，上次将黎君槐打伤的事，后来他被余枳教训了一顿，却没想到，再次遇见，对方就变成了自己姐夫。

"那你也不能找他啊，你明知道我上次不分就里地揍了他一顿。"

余枳冷哼一声："现在知道不分就里了，谁让你当初什么话都不听，扑上去就把人家揍一顿的。"

"所以啊，你说你干吗要和他在一起，这不是故意为难我吗？"

"为难你。"余枳看着他，无所谓地说，"我可从来没有想过为难你啊。"

孟月琴好像是在故意给黎君槐甩脸色，甚至丝毫不顾余枳的面子，坐在客厅看了半天的电视，就是不去厨房做饭。

当黎君槐和余庆从书房出来时，孟月琴还坐在沙发上看电视，厨房里什么动静都没有。

黎君槐去房间找余枳，余庆头一次忍不住说了孟月琴："有些事情，闹闹就可以了，还真要给别人看我们家的笑话吗？"

孟月琴怔怔地看着余庆，似乎不敢相信这话是他说的，这还是他第一次为余枳说话，半晌，忽然哭出了声："放弃好好的继家，偏偏找了这么一个人，我这是造了什么孽啊。"

余庆本来就病刚好，被她这么一闹，头不由得痛了，说了几句，见孟月琴没有听，只得提高音量："够了！小枳是什么样的人我心里清楚，反倒是你，这些年来，就只长了虚荣心。"

"你……"孟月琴一下哑住，大概是从来没有想到，她在余庆心中已经变成了这个样子。她知道余庆对她有愧，所以对她纵容了些，却没想到心里原来有那么多怨言。

她有些失控地失声痛哭："现在连你也开始嫌弃我了，我到底做错了什么？！"

余庆没有理会她，看了看站在各自房门口的几个人，略带歉意地吩咐道："小枳你们今天先回去吧，我们现在恐怕暂时没有办法招待你们了。"

余枳知道他可能是有事情要和孟月琴谈，看了一眼并不自在的黎君槐："我们走吧。"

黎君槐理解地点了点头，向余庆告辞，和余枳一起离开，走到门口的时候，忽然转头对余柯说："一起吗？"

家里现在这个样子，余柯其实也并不想夹在中间，黎君槐邀请时机正好，余柯拒绝不了，三两下地换了身衣服，快步跟上余枳他们。

余枳瞧着他，故意装作嫌弃的样子说："你跟过来，就不怕我为难你？"

余柯笑着挠了挠头发，笑呵呵地冲黎君槐说："您大人有大量，应该不会计较我上次把你打成那样吧？"

黎君槐下意识地皱了皱眉，一脸严肃："余枳难道没有和你说我这个人有仇必报吗？"

"啊？"余柯失望地耷拉下肩膀，"我……谁知道你之前是不是带着目的接近我姐，毕竟你比她老这么多。"

黎君槐含着笑看了眼余枳，虽然余柯这个人不学无术，又被孟月琴宠坏了，可心地到底还是好的。

余枳适时插进去："得了啊，就会找借口，赶紧找个地方吃饭。"

有了台阶，余柯自然知道怎么下。他对这边熟悉，便选了一家味道不错的饭店，其他两人也不挑，就跟着进去了。

黎君槐对余枳的家人到底还是很包容的，这不，明明上次还被余柯打进医院，现在却已经开始高声阔谈了，余枳在一旁，不免有些诧异，男人之间的交情都是这么让人费解的吗？

离开的时候，余柯对黎君槐说："实话实说，你确实没有姐夫的条件好，但是你和我们更像一类人。"

"都说了他已经不是你姐夫了。"余枳在一旁气愤地提醒。

回去的车上，余枳疑惑地问："你干吗对这小子这么好，你知道从小到大我帮他背了多少黑锅吗？"

"可你不照样还是当他是弟弟？"黎君槐反问。

是的，他知道余家对她来说，不管怎么样都是重要的，所以他也在费力地讨好余家，因为，那是她的家人啊。

就算是关系再不好，就算是相处再不融洽，也还是一家人，是她生而为人，唯一不能选择的。

知道余枳在想什么，黎君槐伸手摸了摸她的头："还有一个原因，我这叫曲线救国，把你弟弟收买，有他帮忙，你和你妈妈的关系，应该不至于这么紧张。"

余枳转头会心一笑，这就是黎君槐，会将她的每件事都放在心上，而且用最简单有效的方法，替她解决好事情。

"黎君槐，谢谢你。"

"那就搬来我这边吧。"黎君槐转头，郑重地说。

余枳愣了一下，最终重重地点了头，之前黎君槐没有刻意地问，她当然也不会主动提出来，不过现在她好像根本拒绝不了。

02

今年过年，是在黎母家，本来黎君槐并不是很想过去，毕竟是重组家庭，黎君槐自从长大后，也就刻意尽量保持距离，可黎母将电话打到余枳这里，也就不好拒绝。

倒是第一次见叶桑的丈夫，清清秀秀的一个小伙子，看上去年纪不大，却是某公司开发部的总监，上次他们过来，他正好出差，倒是没有见到。

看得出来，他和叶桑感情很好，两人倒也不显得多么黏腻，反倒是经常斗嘴，不过余枳看得出来，每次一到最后，他总是会率先认输。

余枳已经很久没有这样一家人热热闹闹过个年了，自从去了大学，她便找着各种理由，不回家过年，至于继家，每到这个时候，总是会有各种生意上的合作伙伴送礼什么的，一家人反倒没有机会说几句话。

除夕夜，叶桑非要拉着大家说去楼下放烟花，上关每年的烟花是有限制的，所以除了这几天，平时基本上很难看到这些东西。

难得黎君槐没有拒绝，余枳当然也就跟着下去，不过到底不能像叶桑那样，一蹦一跳玩得很开心，余枳没多久就跟着黎君槐在一旁的台阶坐下，看着远处的两个人，嘴角微微笑着。

过了很久，余枳忽然转头，郑重地对黎君槐说："这是我二十几年里，过得最开心的一个年。"

黎君槐没有疑惑，没有质疑，只是摸了摸她的头，笑着说："以后的每一年都可以。"

余枳倒是难得看到千嘉现在这般火急火燎的样子，打电话叫她过去公寓那边，声音听上去好像有些焦虑。

在这之前，余枳已经搬到黎君槐那边去了。

一进门就看见千嘉在客厅，站也不是坐也不是地瞎转着，一见她来了，扑过来抓住她的胳膊，慌张地说："怎么办，我觉得自己可能要完蛋了。"

余枳下意识地皱起眉头："怎么了，天塌下来了，让魏宁安帮你顶着啊！"

"别跟我提他，现在我听见他的名字都心烦。"千嘉撇着嘴往沙发上一坐，"要不是因为他，我怎么可能变成现在这样。"

"他要和你分手？"余枳问。

"他要和我结婚。"千嘉哀怨地答。

这种事情，对于别人来说，或许是值得高兴的，但是放在千嘉这里，绝对是可以让她夜不能寐的破事。

对于千嘉来说，人生，那就是认识好看的小哥哥，和他们来一段浪漫的恋爱，然后和平分手，继续找下一个小哥哥的过程。

可现在，魏宁安要和她结婚，那就说明她这个宏伟的人生到这儿直接戛然而止，何况，因为母亲的原因，她一直很排斥结婚。

余枳漫不经心地追问："为什么？"

虽然她知道他们两人的感情，可魏宁安不像是着急结婚的人，何况还从来没听他们提过结婚，连求婚都没有听说，怎么就突然扯上结婚了？

千嘉像是做错了事情的小孩，朝自己的肚子看了看，不知道应该怎么和余枳说起这件事情。

这个小动作，余枳又怎么可能错过，立即明白过来："你怀孕了？"

千嘉烦躁地叹了口气："就有一次醉酒，然后就……因为是在安全期，加上魏宁安说吃避孕药不好，想着不可能一次就中，随后也就都没有放在心上，哪知道这次公司体检，就……"

"千阿姨知道了？"

千嘉点了点头，绝望般往沙发上一靠："我现在可算是腹背受敌，还在体检我妈就知道了，私下已经和魏宁安的父母见过面，开始挑着日子准备婚礼了。"

余枳没有告诉千嘉，何止是腹背受敌，在她来这边之前，魏宁安打电话问过她千嘉在哪儿，当时她什么都不知道，就直接把地址报了出去。

虽然没有想到是这种情况，但她倒不认为这个突然而来的孩子有什么不好，魏宁安虽然吊儿郎当的样子，可谁能说他不爱千嘉呢，否则也不会一次次被千嘉折磨得火冒三丈。

余枳安慰了她几句，估摸着魏宁安也快过来了，便找了个理由离开，她都能想到千嘉要是看见魏宁安，恐怕是会将她痛骂一顿吧。

就当是帮千阿姨，余枳这样安慰自己。

今年的第一次出差是去苏州，这还是两人领证后第一次分开，黎君槐除了让余枳主动打电话，还每天打电话来偶尔监督。

好不容易结束了拍摄回去，一进门，余枳就看见坐在自己家看电视的余柯。

"你怎么会在这儿？"余枳倒也没有表现出多惊讶，却还是问了一句，她不记得余柯什么时候和他们家关系这么好的。

余柯可怜兮兮地看着她："我无家可归，姐夫就收留我了啊。"

原来，他一纸辞职信交到人事，这事被孟月琴知道，气到生平第一次打了他一巴掌。这小子一有骨气，就直接玩离家出走，居然还忘了拿钱。

余枳倒是没有多同情他，毫不留情地打击他："你姐夫不是在继家吗？"

"姐，你就不要埋汰我了，你知道我是多么有骨气，才做的这个决定吗？！"余柯板着脸，为自己辩护。

"哦……"余枳饶有趣味地点了点头，"那你就不要走，继续留在那儿啊。"

"我那不是怕你夹在中间难做人嘛。"余柯讨好地说。

余枳不吃他这一套，冷哼一声："少说漂亮话。"

不过余枳不用问，也能够想到余柯是为了什么辞职，要说之前她还在继家，又有孟月琴在旁边天天念叨，他受不了，只好过去，后来又因为工作弄得继氏损失七十万，何况现在她又和黎君槐结婚，他待在那儿恐怕也不自在。

　　既然如此，余枳也就不好赶人，何况人是黎君槐收进来的，她倒也说不上什么，想来黎君槐也已经给那边打过电话，不然孟月琴不可能没有动静。

　　等估摸着孟月琴那边的气消得差不多了，余枳还是让余柯回去和孟月琴解释清楚。

　　听说上次余庆已经和孟月琴好好谈过，说了什么余枳不知道，不过现在虽然他们还是不过去余家，不过后来应黎母的要求双方家长见过一次面，孟月琴的态度倒是缓和不少。

　　"不要。"

　　"余柯！"余枳难得板起脸训人，"难不成真想赖在这里，她那么疼你，你把理由和她说了，她难道还会骂你不成？"

　　这些余柯心里当然清楚，不过有时候他是真的受不了孟月琴，现在被余枳这么训，也就只能不情不愿地答应下来。

　　见他离开，余枳还是谨慎地提醒："别把我扯上。"

　　"知道。"余柯哀怨地看了她一眼，点着头答应下来。

　　摄影展如期举行，主办方对于这个在业界一直号称小齐砚白的小姑娘很喜欢，又是余枳第一次答应这样的展览，她的作品也就被摆在最醒目的地方。

黎君槐今天本来是要陪着她一块过来的，但是因为研究院临时出了点事情，他不放心，只能过去看一眼，晚点再过来。

余枳没有想到继许会来这边，毕竟两人相处了那么久，画展她倒是看继许应酬似的去过，摄影展却是一次都没有。

她下意识地看了一眼让继许驻足的那张照片，是她的。确切来说，是在马拉维拍下的照片，那是连黎君槐都不知道的照片，离开的前一天，她趁着黎君槐去照料大象的时候，偷拍的。

"好巧。"余枳站了一会儿，还是决定上前打个招呼，上次在余家让他觉得颜面尽失，一直还没有机会解释。

继许诧异地转过头，迅速掩盖上方才情不自禁流露出的忧伤，面无表情地说了一句："好巧。"

余枳倒是不介意，提议道："出去坐坐？"

继许不由得皱起眉头，盯着她看了半天，却还是答应下来。

"抱歉，应该在那之前，告诉你我和黎君槐的事。"余枳倒也不做什么铺垫，直接开门见山地说。

"什么时候？"继许问。

"嗯？"

"什么时候的事？"继许重复了一遍。

难得继许这次没有先入为主地认为是马拉维，倒是让余枳有些意外，要知道他可有什么都不问就打了她一巴掌的行为呢。

"和你离婚有一段时间之后。"余枳解释，"他跟我提了一下，我就答应了下来，最近刚刚办理的结婚。"

"嗯。"继许点头，"我打电话那次呢？"

"就是那会儿。"余枳浅浅笑着。她那会儿就知道他没有喝多醉，所以才会说上那句话，喝醉了的人，是不可能还有精神那么清楚地记得给她打电话的。

继许轻抿着唇，淡淡地说："好，我知道了。"

两人没有在这里停留多久，有些事情，其实已经不需要太多解释，要说对余枳没有感情，也并不是，不然也不会在当初误会她和黎君槐。

与其说是愤怒，倒不如说是还有后悔，明明是他握在手上的珍宝，却居然生生被他亲手送走了。

余枳从咖啡厅出来，一眼就看到了站在展会门口等她的黎君槐，她笑着小跑地迎上去。

"真为你捏了把汗，要是有车怎么办？"黎君槐看着眼前的人儿，无奈地摇着头。

余枳疑惑地问："你居然不问我怎么会在那儿？"

黎君槐笑着摸了摸余枳的头："你们之间还会有什么事，早就知道你会找他说清楚。"

刚才余枳看到他的时候，他也看到了余枳，自然没有落下和她一同出来，还互相告别的继许。

余枳笑着挽住黎君槐的手，这大概是黎君槐最让她心安的地方，懂她，同时无条件地相信她。

03

余柯说要在上关开一家餐厅的事，余枳倒也不觉得惊讶，可孟月琴当时觉得余柯靠着继许那么好的条件，当然是要进大公司的，努点力，变成总经理，管理分公司可能更好，所以这个当时还来不及说，就进了继氏，可现在他从继氏出来，当然第一件事就是这个。

关于资金上面，余柯来找过余枳，可要知道余枳现在自己都还欠着千嘉的钱，怎么可能会有多余的资金来赞助他。

正好这个事情被黎君槐知道，和余柯做了几次交谈之后，黎君槐就答应和余柯合伙。

为此余枳还有些生气，说他怎么也跟着余柯在那儿胡闹。

黎君槐笑着和她解释："其实你也觉得余柯可以做好，我们现在已经结婚了，怎么说和余柯也是一家人，何况你不是一直鼓励我当厨师吗？"

"这不一样。"

"我没有那个想法。"黎君槐打断她的话，"知道你和我在一起什么都不图，帮助余柯是我的意愿。"

原来他知道，既然如此，她也就没有别的什么好说了。

餐厅的事情一定下来，余柯说要一家人庆祝一下，余枳去问黎君槐的意愿，毕竟上次见面并不是那么愉快。

黎君槐倒是毫不介意，立马答应了下来，甚至还安慰余枳："这次应该不会那样。"

果然，事情和黎君槐料得差不多，孟月琴虽然没有多么欢迎他们，去了之后，到底还是给他们洗了水果，甚至还在厨房准备做饭。

余枳看了看黎君槐，小声地问："你是怎么知道的？"

"你弟的功劳。"说着，他指了指余柯。

孟月琴话不多，却还是做了一大桌子菜，吃饭的过程倒也还算和睦。饭后，余庆非要拉着黎君槐下几盘象棋，想来是这段时间被孟月琴管着，有些手痒了。

如此余枳干脆去阳台站会儿。

余柯从一旁走过来，看了一眼黎君槐说："姐，看来你的眼光比妈好多了。"

"嗯？"余枳疑惑。

"你知道的。"

她知道吗？是的，她确实知道，从来就不是一路的人，哪怕是强行绑在一起，骨子里有些东西是注定改变不了的，已经仰着头过惯了的人，又怎么可能轻易低头呢。

千嘉最终还是被魏宁安动用所有力量逼着去结了那个婚。

收到请帖，余枳倒是一点都不奇怪上面的时间近到就是下个星期，就千阿姨的性子，巴不得千嘉马上结婚就好，能够拖这么久，看来还是选了日子的原因。

余枳躺在沙发上，研究着收到的请束，问着在厨房做饭的黎君槐："你说他们这两张请帖，我们是随一份份子钱呢，还是两份啊？"

"你要是想随两份我当然没有意见，反正我们不会吃亏。"

听黎君槐这么说，余枳仔细一想好像也是这么回事，狡黠地一笑，魏宁安的那点心思，她在看到两张请帖的时候，就已经看出来，既然如此，那就遂了他的愿。

婚礼定在千氏集团下的一家酒店，那个地方余枳倒也挺喜欢，后面是草坪，墙上是一树一树的蔷薇，这个时节正好开放，煞是美丽。

这处当时刚修的时候，余枳就说在这里办室外婚礼应该不错，可是后来因为继家的原因没有实现，倒是让千嘉用上了。

余枳本来是打算去化妆间看千嘉，可想到自己离过婚，最终也就在外面没有进去，虽然知道千嘉不会迷信这些，可毕竟是千嘉的婚礼，她到底还是忌讳了些。

千嘉倒也没有说什么，既然是余枳的决定，她自然尊重，何况还有黎君槐陪着，倒也还好。

继家作为合作伙伴，是继许过来的，见到余枳，冲她旁边的黎君槐点了点头，算是打过招呼。

千嘉本来就好看，今天更漂亮，挽着罗院长的手走向魏宁安，余枳觉得鼻尖一酸，却依旧微笑着。

"我们什么时候也把婚礼办了吧？"旁边的黎君槐忽然开口。

余枳诧异地转过头，微微皱了皱眉。两人从在一起，领证，到住在一起，都是自然而然地发生，婚礼的事情，余枳也从来没有主动要求，何况现在他和黎君槐之间，有没有一个婚礼已经不重要。

可亲口听见他提出来，余枳到底还是感动的，强忍着眼泪不让它流出来。

忽然，不知道从哪里丢过来一个东西，直接落进余枳的怀里，低头一看，竟然是方才千嘉抱在怀中的捧花。

周围的起哄声此起彼伏，黎君槐不知道从哪里掏出一枚戒指，单膝跪在余枳面前，笑着说："你看，老天爷已经帮你答应了。"

余枳笑着伸出手来，在戒指戴上的那一刻，眼泪夺眶而出。

是幸福的。

和黎君槐在一起，应该有的，想要有的，甚至没有想到过的，全在这里得以一一实现。

余枳主动伸手环抱住黎君槐的脖子，小声地在他耳边，轻轻地说了一句："黎君槐，越来越爱你了，怎么办？"

"那就这么爱下去。"

——正文完——

番外一
| 余枳 & 黎君槐 |

　　余枳最近慢慢地减少工作密度，毕竟自从上次的摄影展答应之后，全国很多摄影展也都在邀请她，她从来不会拒绝这些，自然也就只能都应下来，为了这事，黎君槐没少骂她。

　　当然，黎君槐不知道的是，还有另外一个原因。

　　大概是觉得她目前正在事业上升期，就算两人已经结婚一年多，黎君槐却从来没有说过关于孩子的问题。

　　再过会儿，黎君槐都快四十岁了，要说不喜欢小孩，叶桑家的儿子，可是一过去就在他怀里，何况，魏宁安家的儿子都已经会说话，时不时地还会跑过来干妈干妈地叫，这种近乎嘲笑的炫耀，她可忍不了。

既然黎君槐不说，那就让她来做决定吧。

她去医院检查了身体，医生说，她工作强度太大，可以适当地减少一点。

至于黎君槐，上个月研究院刚刚体检过，她随便看了一眼，还偷偷打电话去医院询问了一下，一切正常。

这样，实施下一步就完全没有问题了。

哦，李召偷偷给她打过小报告，说研究院在他能够独立工作的时候，给黎君槐安排了一个美女助理，刚从学校毕业。

这还是让她有那么一丁点的危机感的。

她这点小心思，黎君槐又怎么会看不出来，不过她倒是没有发现，他最近一直没有加班吗？

就连李召都忍不住说他偏心了，当年李召跟着他的时候，没日没夜，总是在加班，可现在换了个助手，就变成朝九晚五，反倒把研究院的大把工作都推给李召。

他不想打击李召，毕竟他们家的小美女，最近好像在实行什么计划，他必须全力配合啊。

不过今天，她好像迟到了。

黎君槐在五点的时候，接到她的电话，说会晚点回来，可现在电视里，新闻联播都结束了，电视剧都开始播了，她居然还没有回来。

"你吃晚饭了吗？"黎君槐坐在客厅的沙发上，转头看着终于回来的人，关切地问。

"吃了，公司集体订的外卖。"余枳点头。

黎君槐"嗯"了一声便没了下文，本来已经走到卧室门口的余枳，因为他这简短的一个字，折身回来，半跪在沙发上，打量了他一番，肯定地说："你生气了。"

黎君槐伸手揽过她，嘴上淡淡地说着："没有。"

余枳挣扎起来，想对视黎君槐，却被他按住，无果，只得出言辩驳："不可能，你只有在生气的时候，话才那么少的。"

"我平时话也不多。"

"那不一样。"

余枳终于还是挣扎了起来，眼神直勾勾地看着黎君槐，过了半晌，却是自己率先委屈地解释："对不起，我其实也不想加班晚归的。"

黎君槐最见不得她含泪委屈的样子，只得松软了语气说："好了好了，赶紧洗澡，早点睡吧。"

　　"啊？"可能是没想到黎君槐这么轻易地就原谅了她，余枳愣了愣，却听见黎君槐已经开口："也可以我帮你。"

　　余枳这下反应过来，吓得立即一溜烟跑去了浴室，还警惕地检查了两遍自己有没有将门反锁。

　　不过，该发生的事，由不得她闪躲，最终余枳还是乖乖地被黎君槐捏在手心。

　　"黎君槐，你又耍流氓。"

　　"不耍流氓，怎么满足你呢？"

　　"黎君槐！"余枳红着脸，瞪着他。

　　黎君槐毫不在意，将她揽进怀里，哄道："睡吧。"末了还补充了一句，"你没有必要吃醋，那个助手我已经申请了替换。"

　　余枳猛地睁开眼，对上黎君槐似笑非笑的眼睛，瞬间羞愧得想要找个地洞钻进去。

　　黎君槐适时地加了一句："不过，关于孩子的事情，既然你已经决定，我会尽力。"

番外二
| 继许 |

空荡荡的卧房，收拾得很整洁，她真的不会再来住了，想到这里，他的心像是有针在扎，狠狠地刺痛着，甚至找不到患处，医治无法。

他去看了桑云，照片上的她笑得很开心，那是在她去世前不久，非要扯着他去照的。

那一天，他们像往常逛街、吃东西，她却比任何时候都高兴，笑得眼睛都眯成了条线。

只是那天之后，她就躺在病床上，再也没有起来过。

是因为你还爱着桑小姐吗？刚才进来的时候，管家忽然回头问了这么一句。

爱吗？怎么会不爱呢，他们四岁认识，经历过最年少热情的十几年日夜，哪有不爱的道理。

所以才会故意冷落余枳，故意不在乎余枳，让她在嫁过来的三年里，日日让她守着这间卧室，却从不踏进。

只是现在他走进来了，她却已经不可能回来了。

前天晚上她坚持下车，接到她电话的时候，他正坐在楼下的客厅，等着她回来，这样的事情他只做过一次，就是那次邀请她参加晚会。

电话里，她冷着声音说要离婚，坚定且果决。

他的心忽然没来由地开始慌张，就算是在病房里，她也没有像现在这样，心如死灰般决绝。

可自小的高人一等不允许他过去找她，一直到今天早上，他终于还是败下阵来，让秘书打听到她的行踪。

得到消息后，他不惜扔下好不容易约来的合作方，追了过去，却没想到会看见她和黎君槐站在一起。

他脸上酝酿了许久的笑容，在这一刻僵住。

怒从中来，又或许是嫉妒在作祟，所以他才会禁不住她几句刺激，就直接一巴掌打了过去，不过在下一秒，他便后悔了。

他怎么可以动手打她，她疼吗？应该是疼的，应该很疼的。

他想道歉，乞求原谅，可余枳没有给他机会。

黎君槐护着她的样子，还真是碍眼，他搂着她上楼，温柔小心的样子，他忽然觉得凄凉。

余枳方才一闪而过的动作，让他恍然燃起希望，可下一秒却是更深的绝望。

她说明天在民政局等他，样子那么绝望，那么下定决心，听得他心揪在一起般疼。

已经没有机会了，他知道的，在他动手的那一刻，所有的可能，就已经瞬间消散。

房间里还残留着她的气息，桌上是她习惯用的护肤品，因为工作原因，她很少化妆，所以没有什么化妆品。

床上用品在她离开前被铺得整整齐齐。她的习惯向来很好，不会超过十二点晚睡，早上很少会赖床，房间里永远都是整洁的样子。

他坐在床上，对着整间屋子发呆，这里给他一种她只是临时出了个差的幻觉，可他又清楚，她再也不会来了。

对了，她还会做一手好菜，不要问他为什么会知道这些。

他只是现在忽然想尝尝。

他曾驻足在这个房间的门口听过，却还是硬着性子去了书房，那时候，他以为，这辈子都不可能踏进这个房间一步的。

可他输了，而且，输得一败涂地。

他承认，他爱上她了。

那种爱，并不浓郁，浅浅淡淡，可要割舍，却又好像扯着筋脉，搅着骨血。

可却已经走到了尽头。

番外三

| 魏宁安 & 千嘉 |

　　千嘉一进门就注意到了站在吧台调酒的男人，眉毛？是她喜欢的；眼睛？是她喜欢的；鼻子？是她喜欢的；嘴？对了，尤其是嘴，厚中偏薄，却绝不给人刻薄的感觉。

　　她理智地再确认了一遍：嗯，人也是她喜欢的。

　　坐在她对面的男生显然怒了，这是他们的约会，可她的眼神却从进来开始，就盯着那个吧台的酒保？

　　"小嘉，你是觉得这里不好吗？"对面的男生最终忍受不了这种冷落，半是试探半是提醒地问。

千嘉的心思显然不在他这里，敷衍地点了点头："挺好的。"

"对了，上次说的去昆明，我最近正好有空。"

"我再看看。"

……

最终，男生受不了千嘉这样当着面忽视，生气地一拍桌子，气急败坏："千嘉，你到底什么意思？"

千嘉不得不收回目光，应对眼前的问题，刚刚那一刻她倒是忘记了，现在她还是有男朋友的人，上个星期，她刚刚接受的男朋友。

"你有时间，我总得看看我的时间吧。"

"那行，今天我们不在这里坐了，换个地方。"

好不容易遇见一个好看的人，还没来得及上前打个招呼就走，怎么想都是遗憾吧。

"别啊，我觉得这里挺好的。"千嘉赶紧否决。

那男生再傻也能看出她的心思，顿时火冒三丈："这里是挺好的，是不是觉得那个男人也挺好的？"

这时候，已经有不少人往他们这边看过来，千嘉并不想变成焦点，只能拉着他坐下，却没想到被他一甩手，险些摔在地上。

本来也就不是什么好脾气的人，这下千嘉也火大了，干脆一不做二不休："都好，你说的那两个都觉得好，而且都是顶好的，可以了吧，真是的，还有完没完了。"

那男生显然没有想到千嘉会坦然承认，一种被欺骗的感觉从心里冒起来："没想到你居然是这样的女人，白费我追了你那么久。"

千嘉冷哼一声："我可没求着你来追我。"

"你……"那男生被气得不轻，却顾及周围有人，不敢多做什么，一甩手，怒不可遏地说，"千嘉，今天，是我甩了你。"

千嘉毫不介意地笑了笑："谢谢啊。"

千嘉含着笑等他离开，才扫了一眼周围的人，冷着脸问："看够了没有，要不要我还给你们演一出？"

不过下一秒，她就换了张脸，笑嘻嘻地看着打算重回吧台的那个好看的男人，故意找碴："戏可不是白看的，你看了这么久，不会打算甩手就走吧？"

男人勾起嘴角，反问："我好像也是你戏里的一员吧。"刚才的那一幕正好也落在了他的眼里，又怎么可能不知道发生了什么。

"有意思，喝一杯？"千嘉笑着问。

"喝酒就免了，出门左转全是出租车，早点回家。"男人不着痕迹地收回她面前的酒杯。

千嘉怎么可能轻易善罢甘休，笑嘻嘻地凑上前："那你告诉我你的电话号码？"

"走好。"说完，男人转身离开。

"那名字也可以啊。"千嘉嘟着嘴冲着他的背影大喊。

"魏宁安。"

千嘉满意地笑了笑，居然连名字都是她喜欢的。

NAGEMEILIDE
SHAGUA

●

世上总有一个美丽的傻瓜

穿过冬天的风雪

让你温暖，赐你明媚

小 花 阅 读

【余生多甜蜜】系列

FLORET

READING

▼

《嘿，那只淡定君》

狸子小姐　著

标签：设计系灵动少女 | 淡定竹马教授 | 情不如愿的婚后心动日记

内容简介：

牧休言会一直照顾宿时春。这句承诺经历了时光变迁后，苍白如纸。她嫁给了他，他却出国留学，对她丝毫没有留恋。辗转三年，她以为自己将困在这不幸的婚姻中直至被丢弃，却没想到他突然回国，成了她的大学老师。他指导她的学业，照顾她的生活，甚至对她有了不小的控制欲。

他说："时春，既然我们已经种在一起了，也许该尝试着开出花来。"

《那个美丽的傻瓜》

东耳 著

标签：异国浪漫奇遇|野外原始心动|我爱你，一触即发

内容简介：

她是自立坚强的杂志首席摄影师，却被迫与人结下无爱的婚姻。痛苦之下，她去了外国拍摄野生动物，却意外遇见了面冷高大、心思缜密的他。

他身为野生动物保护专家，一直将这个落水女孩视为弱小动物，却没想到她逐渐展露的强大，超乎他的想象！

当悄然而生的心动叩响心门，当那禁锢的牢笼步步紧逼，她和他又将展开怎样的都市恋爱冒险……

《等我嫁给你》

闻人可轻 著

标签：报复与利用｜酒吧驻唱歌手 VS 精英海龟｜原来我比想象中更爱你

内容简介：

苏锌原本是柳沙土财主苏打之女，四年前苏父替自己的旧情人背锅了一起车祸事件后，造成家破人亡，于是从那晚开始仇恨的种子深埋心中，等待着有一天有机会亲手毁掉杨青的一切。

直到四年后，苏锌利用身边的好友认识了杨青从海外归来的儿子池少时，也顺利地进入了他的身边，报复和利用也从此刻开始，苏锌算到了一切，却仍然算失了自己的心。池少时问她，是否曾经爱过他，苏锌说，没有。池少时苦笑，苏锌却说，但是以后，我只爱你。

《喜欢就要在一起》
东耳 著

标签：一夜惊喜|机缘巧合之恋|喜欢就要在一起

内容简介：

她的人生在一次愉快旅程后来了个急转弯，遭人陷害，意外怀孕，她甚至都不知道那个共处一晚的人到底是谁！

她辛苦地寻找真相，可越是探究，越是发现一切不止她想象中那么简单！

当她意外触及阴谋一角时，震惊之余，也心生退意。但她万万没想到，这时候与她共度一夜的人竟主动找上门来！

他微微一笑道："我知道你在找我，初次见面，我也喜欢你。"

- -

《宠爱捕捉进行时》
W 十一 著

标签：叛逆少女 VS 禁欲总裁|边养边宠边爱|追妻之路

内容简介：

禁欲总裁被迫接手十七岁叛逆少女的人生，开启调教之路。

只是，明明是一场别有用心的宠爱，到最后却不知搭进了谁的真心。

倘若有那样一个人，他出身尊贵，优秀强大，出现在你最为叛逆、绝望的成长期，陪着你将所有叛逆、糟糕、悲苦熬成优秀，你成为更好的你，怎么能不为他而心动。